# 勿論、慰謝料請求いたします！6

soy



B's-LOG BUNKO

ビーズログ文庫

contents

ルドニーク・
レイノ・パラシオ
しっかり者の王子殿下。
自分に媚びない
ユリアスに惹かれる。
勿論、慰謝料請求いたします！
6
ユリアス・ノッガー
お金儲けが大好きな
伯爵令嬢。
損得で物事を考える
傾向があり、恋愛は不得意。

# 人物紹介

マチルダ
妖精バンシーの力を継ぐ、
予知の力を持つ小説家。

ローランド・ノッガー
ユリアスのお兄様で、
王子殿下の親友。
妹を溺愛している。

リーレン
ルドニークを加護する
氷と雪を操るドラゴン

ハイス
国王陛下を加護する
火を操るドラゴン

ランファア
ユリアスの友人。
ラオファン国出身の
美人なエウレカ王妃。

ダン・ダリル・エウルカ
優しくて穏やかな
エウレカの国王。

イラスト／m/g

# 手紙が届きました

私の人生は学園に通うようになって劇的に変わったと言っていいと思う。

婚約破棄《こんやくはき》したり王子殿下《でんか》と婚約したり隣国《りんごく》や獣人族《じゅうじん》の王子と友人になったりドラゴン様達との繋《つな》がりができたり幽霊《ゆうれい》ホテルの経営を始めたり、凄《すご》く忙《いそが》しかったと言っていい。

新しい婚約者であるルドニーク殿下が学園を卒業してしまい、会えない日々が続いている。

なんてことはなく、幽霊ホテルの経営が安定したのとほぼ同時に王太子妃《ひ》教育というものが始まり、毎日のように王宮に足を運ぶようになった。

そのおかげもあり、比較的《ひかくてき》殿下とは会えていると言っていい。

学園に行った後、王宮に行き王太子妃に必要な教育を受けるのだが、今や王妃《おうひ》様とのお茶会がメインだ。

覚えることはたくさんあるが、元々知っていることもたくさんあったからだ。

「ユリアスちゃんは覚えるのが早いから、そろそろ王妃教育も始めちゃおっかしら？」

「王妃様、ご冗談《じょうだん》はおやめください」

王妃様はニコニコと笑うだけで、返事をしてはくれなかった。

とにかく、そんな話もあったせいで高位貴族から学園を飛び級して卒業してはどうかと言われることも増えた。

だが、そんなことをしたら市場調査ができなくなってしまう。

周りは分かっていないようだが、私はお金儲《かねもう》けが好きなのだ。

殿下は好きだし、一緒《いっしょ》にいられるのは嬉《うれ》しい。決して早く殿下と結婚《けっこん》したくないわけではないが、王太子妃になるのは早すぎる。

学生の間なんて短い時間だし、まともに学園に通えているかと言われたら通えていない。

新たな事業をおこそうとすれば、それなりに時間がかかり、出席できない授業をテストでいい成績を取ることで補っているのは、全て人との繋がりや知見を広げるためだ。

それで、殿下との時間が減ってしまったとしてもである。


「学園に通いたいというのは、わがままなのでしょうか？」

私の一番の相談相手である、売れっ子作家のマチルダさんは何やらメモをとりながら私の話を聞いてくれた。

「そんなわけないじゃないですか！　お嬢様に王家の仕事を任せて自分達が楽したいから

言ってるだけなので無視していいですよ！」

王族のことをよく知っているマチルダさんの言葉に私が安堵《あんど》の息をつくと、マチルダさんの弟子《でし》であるバナッシュさんがフンッと鼻を鳴らした。

「でも、王子様が好きなら早く結婚しちゃって毎日会える方が良くない？」

勿論《もちろん》、殿下と会えないと寂《さび》しいと感じる。

「何言ってんの？　この先一緒にいる時間の方がずっと長いんだし、数年一緒にいられないぐらいなんてことないわよ」

バナッシュさんの言葉にマチルダさんが食って掛かる。

「結婚してるのに一緒にいない師匠《ししょう》に言われても」

「……私には、離《はな》れて冷静になってもらう時間も必要だったのよ」

マチルダさんが悟《さと》りを開いたように遠くを見つめてしまった。

「私は早く結婚したいけどな～」

「バナッシュさんも飛び級します？」

親友のバナッシュさんが一緒に飛び級してくれるならしてもいいかも？　と思ったが、
バナッシュさんは凄く嫌《いや》そうな顔をした。

「自慢《じまん》じゃないけど私、頭悪いって知らなかった？」

「私でもできるんですからバナッシュさんも少し頑張《がんば》れば大丈夫《だいじょうぶ》では？」

私が首を傾《かし》げると、バナッシュさんはじっとりとした目つきで呟《つぶや》いた。

「ユリアスさん基準とかマジで意味分かんない。私、ユリアスさんのそういうとこ嫌《きら》い」

私はバナッシュさんのはっきり言葉にしてくれるところが凄く好きなのだが、怒《おこ》られそうだから言わないでおく。

「結婚なんていつでもできるけど、学生は今しかできないじゃない。ゆっくりで大丈夫ですよ」

そんな私達を見ながら、マチルダさんは大人な意見をくれた。

流石《さすが》である。

今の言葉で、やっぱり学園を飛び級するのはもったいないことだと思えた。


「飛び級はしないことにしました」

私の宣言を殿下は気にも止めずに、書類仕事を続けた。

「驚《おどろ》きませんか？」

「そうだろうと思っていたからな、俺からも高位貴族達に伝えておくから心配するな」

そんなにあっさりとした返しをされると、なんだか寂しい。

少しモヤモヤとした気持ちが湧《わ》き上《あ》がる。

「飛び級すると言った方が驚きだろ？　ユリアスが学園でしか得られない情報を飛び級なんかで逃《のが》すとは思えん。それに、こうやって理由を作って俺に会いに来てくれているのも、嬉しい」

殿下は学園を卒業してから国王の仕事を手伝うようになり、だいぶ忙しそうで、私が理由を作って執務《しつむ》室に来なくては会える時間がないに等しくなってしまうのだ。

会えないと寂しいのだから時間を作るのは当たり前だが、素直《すなお》にそれを伝える勇気はない。

「そう言えば、ユリアスに手紙が届いていたぞ」

渡《わた》されたのはラベンダー色の封筒《ふうとう》に黄金の封蝋《ふうろう》のされた手紙だった。

送ってきたのは、ランファ様だ。

隣国の姫《ひめ》のランファ様は南の島国、エウルカ王国の王様と電撃結婚《でんげきけっこん》をした。

顔合わせの席でお互《たが》い惹《ひ》かれ合い、とんとん拍子《ひょうし》に話は進み、気づけば『結婚しました』という手紙が届いたことでランファ様が結婚式《けっこんしき》まで終わらせていたことを知った。

結婚式は国で盛大《せいだい》に行われたようだが、あまりにも短い婚約期間のせいでランファ様は身内しか結婚式に呼ぶことができなくて申し訳ないと言っていた。

ランファ様の結婚式は見てみたかったが、仕方がない。

ランファ様が幸せなら私も嬉しいので、結婚祝いをたくさん送った。

最近『アリアド』ではセクシー系の服や小物が流行《はや》っているから、南の島国でも流行るように数点紛《まぎ》れ込ませておいたのは策略である。

そんなランファ様からお礼状だろうか？

中を確認《かくにん》して驚いた。

手紙の内容はプレゼントのお礼もそこそこに、ランファ様が御懐妊《ごかいにん》でおめでたいことになっているといったものだった。

嬉しい気持ちとお産の不安が混ざり合った手紙を読んで、私はランファ様に会いたいと思ってしまった。

「険しい顔をしているが、どんな手紙だったんだ？」

気づかないうちに、私は眉間《みけん》にシワを寄せていたようだ。

「ランファ様から……」

御懐妊というデリケートな内容を勝手に触《ふ》れ回《まわ》るのはよくない気がして口籠《くちごも》る。

「ランファ姫がどうかしたのか？」

心配を顔に貼《は》りつけた殿下に、私は笑顔《えがお》を向けた。

「私、ランファ様に会いに行ってきたいと思います」

「は？」

殿下は片手で頭を押さえると、しばらく考えてから言った。

「ランフア姫はエウルカ王国に嫁《とつ》いだんだったよな？」

「はい。結婚式にも行けませんでしたし、会ってお祝いを申し上げたいと思っています。ランフア様も会いたいと言ってくださっていますし、エウルカ王国に行くなら外交官として招いてくださると書いてありますから」

私の言葉に、殿下は両手で頭を抱《かか》えた。

「君はエウルカ王国がどれだけ遠いか分かっているのか？」

「普通《ふつう》の船なら片道一週間ほどだと記憶《きおく》しています」

殿下は恨《うら》めしそうに私に視線を向けた。

「ただでさえ二人で会える時間が少ないのに、往復二週間に滞在《たいざい》日数は確実に会えないのを君は耐《た》えられるのか？」

殿下は、はーっと深いため息をついた。

「俺は耐えられない」

殿下の素直な告白に胸がギュッと締《し》めつけられる。

「君は……俺と会えないことを寂しく思わないのか？」

実際、殿下に会えないのは寂しい。

だが、結婚と妊娠に関してランフア様が遥《はる》かに先輩《せんぱい》で、王族との結婚に向けての心構えをするためのアドバイスをもらえる気がして、会って話がしたい。

殿下との結婚に万全《ばんぜん》のモチベーションが欲《ほ》しいと思っているなんて、殿下本人に言うのは、恥《は》ずかしい。

殿下は手に持っていたペンを机に置くと、私に近づいてきた。

「君はどうなんだ？」

「さ、寂しい……です」

殿下はニカッと笑うと私を抱《だ》きしめた。

「よかった。君なら俺よりなんらかの利益の方が大事だと言うかと思った」

安心したような殿下の優《やさ》しい声に、少なからず罪悪感を覚えてしまう。

「寂しいですが、私はランファ様に会いに行きます」

私の消えそうな声に返事はない。

聞こえなかったのかもしれない。

もう一度口を開こうとしたのを察知したように私を抱きしめている殿下の手がピクリと動く。

「決めたんだな」

呆《あき》れたというか、諦《あきら》めたような殿下の声に申し訳なさがつのる。

「きっと寂しくなってしまうので、ノッガー家の最新技術を駆使して作り出した、離れた場所でも顔と声を届けることのできる通信機で毎晩連絡《れんらく》をしてもいいですか？」

会えないのは寂しいが、一日一回声を聞けたら少しはマシだと思えたのだがどうだろうか？

殿下は私を抱きしめていた手に少し力を込《こ》めた。

「君はたまに、凄く可愛《かわい》いことを言う」

名残惜《なごりお》しむように頭まで撫《な》でられたら、少し決心が揺《ゆ》らぐからやめてほしい。

「王族との結婚がどういったものか、勉強してきますね」

思わず口から出た言葉に頭を撫でていた殿下の手が止まった。

「君はそれを学ぶためにランフア姫に会いたいのか？」

「それだけではありませんが……いけませんか？」

殿下は私の肩《かた》に頭を乗せた。

「そ、それは、止めるわけにはいかないな」

何故《なぜ》か照れたように頭を乱暴に撫でられた。

髪《かみ》がボサボサになる。

私が口を開く前にそのことに気づいたのか、殿下は私を抱きしめるのをやめて髪を手櫛《てぐし》で直し始めた。

「早く帰ってきてくれ」

照れの残る顔で殿下は私の頬《ほお》に触れた。

キスの予感に瞳《ひとみ》を閉じる。

それと同時にドアをノックする音が響《ひび》き殿下の手がピクッと跳《は》ねた。

ああ、またキスできないと思った瞬間《しゅんかん》、殿下の唇《くちびる》が触れて驚いた。

「毎回邪魔《じゃま》されてたまるか。ユリアスと会う時は部屋に鍵《かぎ》が必須《ひっす》だ」

ドアノブをガチャガチャと鳴らす音とお兄様の『ここを開けろ』という叫《さけ》び声《ごえ》を聞きながら、殿下は私に二度目のキスをしたのだった。

ランファ様に会いに行くのだから、たくさんのプレゼントを用意した。

大量のプレゼントは私所有の船に積み込んだ。

普通《ふつう》の船なら片道一週間の船旅だが、風の魔法《まほう》の使えるバハル船長の船ならもっと早く目的の国に辿《たど》り着《つ》ける。

殿下《でんか》もいてくれたらより速く移動できるが、国の仕事に大忙《おおいそが》しの彼に頼《たの》むわけにもいかない。

通信機で毎晩連絡《れんらく》をする約束をしたのだが、毎日連絡するなんて初めてだ。

声だけ聞いたら会いたくなってしまいそうで、少し不安だ。

「姫《ひめ》様、荷物積み込み終わったぜ」

バハル船長の声に小さく頷《うなず》き私も船に乗り込んだ。

やはり、殿下から離《はな》れるのは寂《さび》しい。

そんなことを思った瞬間《しゅんかん》、金色に輝《かがや》く鳥が現れ目の前で消えた。

消えた鳥の姿を探して船の周りを見ると、港に見慣れた人がいた。

殿下だ。

忙《いそが》しいのに見送りに来てくれたのだと分かって、心臓がギュッと苦しくなる。

これから数週間会えないと思うと旅立つ前から帰りたくなってしまう。

殿下は軽い足取りで船に近づくと、風の魔法を使い一気に私の横まで飛んできた。

驚《おどろ》く私を気にした様子もなく見下ろす殿下。

「見送りに来た」

短い一言にまた胸が苦しくなる。

「……はい」

そんな言葉しか返せない自分が嫌《いや》になる。

「君は本当に男心が分かっていない」

そう呟《つぶや》いた殿下は私の腕《うで》を摑《つか》み引き寄せた。

「何かあれば直《す》ぐに連絡しろよ」

心配してくれているのが、凄《すご》く嬉《うれ》しい。

「先ほどの光る鳥は、殿下の魔法ですか？」

「ああ」

「イベントなどの使い道がありそうな魔法ですわね」

照《て》れ隠《かく》しで言った言葉だったが、殿下は長いため息をついた。

「君は本当にブレないな」

殿下は呆《あき》れたように笑ってくれた。

「大丈夫《だいじょうぶ》よ。私達がちゃんとユリちゃんの護衛をしちゃうからね！」

聞き慣れた妖艶《ようえん》な声に私と殿下はビクッと肩《かた》を跳《は》ねさせた。

そこにいたのは、殿下に加護を与《あた》えたドラゴンのリーレン様と、一言も発せずリーレン様を抱《かか》える番《つがい》のドラゴンであるハイス様だった。

「何故《なぜ》お二人が？」

困惑《こんわく》した顔の殿下に、ハイス様の手から離れたリーレン様が下町のオバチャンのように背中をバシバシ叩《たた》きながら言った。

「何心配してるのよ！　楽しそうだからついて行くだけじゃない」

ハイス様は表情筋を動かすことなくコクコクと頷いていた。

そんなドラゴン二人に、殿下は頭を抱えた。

「さぁ、ユリちゃん出発しましょう！」

マイペースなリーレン様が右の拳《こぶし》を天に突《つ》き上《あ》げるとハイス様も感情の分からない顔で右の拳を天に突き上げた。

並々ならぬ気合いを感じた。

「ユリアス、やはり旅立つのはやめないか？」

殿下の絞《しぼ》り出《だ》すような声に私は苦笑いを浮《う》かべるしかなかった。


心配していることを全身で表す殿下に見送られて、私達の船は出港した。

長い船旅にいち早く飽《あ》きてしまったのは、やはりドラゴンのお二人だった。

「ねえユリちゃん、船も飽きたし私のブレスで海を凍《こお》らせて歩くのなんてどう？」

リーレン様の言葉に私は笑顔《えがお》を向けた。

「歩くのも、ブレスを吐《は》き続けるのも直ぐに疲《つか》れてしまいますよ」

私がそう言えば、リーレン様は口を尖《とが》らせて不満そうな顔をした。

「いっそのこと、私がユリちゃんを乗せてエウルカ王国まで飛んでいくのはどう？」

「それじゃあ船に乗せている物資を置いていくことになってしまいます」

リーレン様はフーッと息を吐きながら左手を頬《ほお》に当てた。

「じゃあ、ハイスにドラゴンの姿になってもらって船を引っ張るのは？」

私はしばらく腕組《うでぐ》みをして考えた。

「それ、船が壊《こわ》れませんか？」

「……」

リーレン様は、私から視線をそらすと遠くを見つめた。

「木製の船って柔《やわ》で嫌だわ」

壊れる未来を予期できてしまったようだ。

「もし退屈《たいくつ》でしたらお二人で先にエウルカ王国に飛んでいかれては？」

「私達は今回ユリちゃんの護衛なのよ！」

リーレン様は可愛《かわい》くムッとした顔をした。

「ですが、船の上では大した敵もいませんし、海賊《かいぞく》などに襲《おそ》われても襲い返せるぐらいに強い乗組員ばかりですし、私にはバリガとルチャルという護衛が元々ついてくれていますから」

「それでも私達には勝てないわ」

ドラゴンに勝てるなんて伝説の勇者でもなければ無理だろう。

しかも、伝説の勇者だってさらに伝説級のドラゴンを二匹《ひき》も相手にするのは無理な話だと思う。

「勿論《もちろん》、リーレン様達が最強であり私とご一緒《いっしょ》してくださるから、殿下も私が国を離れることを許してくれたに違《ちが》いありませんもの。強さを疑ったりはしていません」

リーレン様はそれでも不満そうである。

「では、退屈しのぎにゲームでもしませんか？」

「ゲーム？」

私は小さく頷き、開発中のボードゲームを取り出し、リーレン様の前に広げた。

「こちら、『勇者クエスト完全版』です。ルールは簡単！　プレイヤーが新米勇者となり、ダイスを振《ふ》って、ボードの上に描《えが》かれたマスを進み魔王《まおう》を倒《たお》すというものです！　誰《だれ》が真の勇者になれるのか」

リーレン様もハイス様もキラキラとした瞳《ひとみ》でボードゲームを凝視《ぎょうし》している。

「実際にやってみますか？」

二人はコクコクと頷いてくれた。

ドラゴンにも愛されるボードゲームとなれば確実に売れる。

「勇者の他にも『愛され令嬢《れいじょう》クエスト版』と『農民から国王になれ天下統一編』などもありますのでしばらくは楽しめるはずです」

リーレン様はニコニコ笑いながら私に飴《あめ》を一つ渡《わた》してくれた。

「もう本当に素敵《すてき》！　飴ちゃんあげちゃう」

美味《おい》しい飴を口に入れ私達はボードゲームを楽しんだ。

海洋魔獣《まじゅう》などの襲撃《しゅうげき》もなく海賊などにも遭うことなく、平和な船旅ができた。

「魔獣はドラゴン二人に怯《おび》えて出てこないのは理解できますが、海賊船の一隻《せき》ぐらい出てきても良さそうなものではないですか？」

私の独り言にバハル船長が呆れたようなため息をついた。

「姫様、この船は誰の船だと思ってんだ？」

「バハル船長の船です」

私が即答《そくとう》すればさらに呆れた顔をされた。

「この船の見張り台のてっぺんに飾《かざ》らせているのはなんの旗だ？」

「ノッガー伯爵家《はくしゃくけ》の家紋《かもん》の旗です」

「そうだ。ってことはこの船はノッガー家の船だってことだ」

貴族を襲わない海賊がいないなんてことはないだろう。

私が無言で腕組みをすると、バハル船長は信じられない者を見るような視線を向けてきた。

「どの国に行ったってノッガー家は有名だろ？」

「まあ、どの国でも事業をしてますからね」

「ノッガー家に助けられたやつもいれば慰謝料《いしゃりょう》むしり取られたやつもいるってことだろ？　そんなノッガー家に喧嘩《けんか》売ろうなんて勇敢《ゆうかん》なやつがいるとでも思ってんのか？」

それは勇敢なのだろうか？

「それに、海賊なんか出てきたら俺らは容赦《ようしゃ》しない」

そっちの方が理由として理解できる。

「言っとくが、俺らよりノッガー家の存在の方がでかいからな」

バハル船長は私の表情が気に入らないようで、念を押すようにそう言った。

納得《なっとく》してしまったら自意識過剰《かじょう》ではないだろうか？　とも思ったが、バハル船長の迫《はく》力《りょく》に苦笑いを浮かべて誤魔化《ごまか》すことしかできなかった。

まだ訝《いぶか》しげな顔をしていたバハル船長だったが、ふとあるものに気がついて船の向かう先を指差した。

「ほれ、まだ遠いがエウルカ王国が見えてきたぞ」

バハル船長の示す方向にはうっすらと大陸が見えた。

「ランファ様はお元気かしら？」

「あのお姫様は元気に決まってるんじゃないか？」

ランファ様のお姫様然《ひめさまぜん》とした美しい姿を思い出しながら、私とバハル船長は静かに笑った。

そうだ、ランファ様は自分を幸せにするためには努力を惜《お》しまない人なのだ。

元気に決まっている。

その時の私はそう信じて疑わなかったのだった。

エウルカ王国は温暖な気候で暑いし乾燥《かんそう》している。

日陰《ひかげ》は比較的《ひかくてき》涼《すず》しいが、とにかく暑い。

「姫様、日《ひ》焼けしないように日傘《ひがさ》忘れんなよ」

バハル船長の気遣《きづか》いにお兄ちゃんと言いたい。

言われた通りに日傘をさして船を降りると、港はたくさんの露店《ろてん》が並び賑《にぎ》わっていた。

「あらあらまああ！　素敵な街ね」

リーレン様の楽しそうな声にハイス様も優《やさ》しく頷いている。

「お二人はこの後どうなさいますか？」

私が聞くと、二人はお互《たが》いに視線を合わせた。

「街をぶらぶらしようかしら？」

ハイス様はやはり頷くだけである。

「私は荷物の整理や宿のチェックインなど、雑務をこなさなければいけないので」

「あら、直ぐにお友達に会いに行かなくていいの？」

「到着《とうちゃく》の連絡をする際に、明日謁見《えっけん》できないかをうかがう予定です」

流石《さすが》に友人だからといって、国王の妻になった方に謁見の許可もない状態で会うことはできないだろう。

礼儀《れいぎ》は大事だし、エウルカ王国の流行《はや》りもリサーチしたい。

とりあえず宿屋の確保をしてから急いでランファ様に手紙を書いた。

手紙は外交官として送ったから、直ぐにランファ様の元に届くはずである。

ひとまず、しなくてはいけないことを手早く済ませたので、私もドラゴン二人のように自由時間を楽しむことにした。

私は街に繰《く》り出すために、動きやすく貴族に見えない服装に着替《きが》えた。

護衛騎士《きし》のバリガとルチャルにも楽な格好になってもらうことにしている。

バリガが商人の子息のため、知り合いがエウルカ王国に多いらしく女装してもらうのは諦《あきら》めた。

護衛の二人は美しい見た目だから、女装してもらって私のお店『アリアド』の広告塔《こうこくとう》をしてほしいのだが、家族の仕事でのお得意様に見られて悪影響《あくえいきょう》を及《およ》ぼす恐《おそ》れがあるのなら無理は言えない。

勿論、スタイルがいいのは変わらないし『アリアド』の数少ないメンズ服を着てもらっているから広告塔であることは、あえて二人に言っていない。

中性的な美しさが素晴《すば》らしい。

街に出て、すれ違う人々が護衛二人に目を奪《うば》われているのが分かる。

「ユリアス様が美しいから皆見《みんな》ていますね」

何故か嬉しそうにルチャルが呟いた。

「ユリアス様が美しいのは当たり前だ」

バリガも誇《ほこ》らしげに胸を張る。

いやいや、私ではなく貴方《あなた》達が見られているのだと言いたい。

「ユリアス様、あそこが薬草屋でこちらが生地《きじ》屋であの路地の奥に魔法石屋があります」

知り合いがいると言っていただけあってバリガはエウルカ王国の地理に詳《くわ》しいようで、楽しそうに案内を始めた。

しかも、私の気に入りそうな店ばかりを選んでくれているので、かなり優秀《ゆうしゅう》であると言える。

「バリガさんありがとうございます」

案内された店に一軒《けん》ずつ入ってめぼしい物を物色していく。

たくさんの荷物を文句一つ言わずに持ってくれるルチャルさんも、いつもの可愛いと違って逞《たくま》しく見える。

こうして護衛二人と街を歩いていると、頭の中に〝こんな時殿下だったら〟という気持ちが湧《わ》き上がる。

二人には凄く失礼だと分かっている。

でも、いつも側《そば》にいてくれた殿下と比べてしまうのは寂しさからだと理解してほしい。

布一枚選ぶのでも殿下に似合うのではないか？　と一番最初に思ってしまうなんて、私の殿下に対する恋心《こいごころ》が重傷である。

大量の戦利品をとりあえず宿屋の部屋に持ち帰ると、すでに王宮からの使者が私がランフア様に送った手紙の返事を持って待っていた。

便箋《びんせん》五枚分で、要約すると『今直ぐに王宮に来るんじゃ駄目《だめ》なの？　貴女《あなた》に話したいことがたくさんあるのよ！　明日、朝一に会いに来なさい』といった内容だ。

ランフア様らしい手紙に、私はクスクス笑ってしまった。

「ランフア様に、お土産《みやげ》をたくさん持参したとお伝えください」

使者に言伝《ことづて》を頼み帰す。

これで明日、ランフア様に会える。

明日は気合いを入れて臨《のぞ》み、他国にも我が『アリアド』の名前を轟《とどろ》かせるのだ。

「ふは、あはははは」

私の不穏《ふおん》な笑い声にツッコミを入れてくれる人は、この場に存在していなかった。

# 宮殿はエキゾチック

翌朝、目が覚めると清楚《せいそ》で清潔感のある服装にし、メイクも控《ひか》えめにした。

通気性の良《い》いドレスもこの日のために準備した最新作のドレスである。

準備が終わった時には、すでにランファ様に怒《おこ》られそうなぐらい日が昇っていた。

ランファ様の性格であれば、服装が清楚系なのに何故《なぜ》そんなに時間がかかるのだと言われてしまうだろう。

私はできるだけ急いで宮殿《きゅうでん》へ向かった。


宮殿の前には昨日ランファ様の手紙を持ってきた使者が待っていてくれた。

「遅《おそ》くなってしまい申し訳ございません」

私が謝罪の気持ちを伝えると、使者はニコニコしながら気にしなくて良いと言った。

だが、私はランファ様の性格を良く知っている。

約束したのだから、怒られなくても注意は確実にされる。

そんな私の焦《あせ》りを、我関せずといった様子の使者に、宮殿のガイドをされながら、連れて行かれた。

「この先が謁見《えっけん》の間になります」

私はフーッと息を一つついてから覚悟《かくご》を決めて白壁《しらかべ》の廊下《ろうか》を進んだ。

辿《たど》り着《つ》いた扉《とびら》も白く繊細《せんさい》な彫刻《ちょうこく》を施《ほどこ》されていて、前に立っただけで開く。

私が来たのに気づき開けてくれたようだ。

扉の先には豪華《ごうか》な玉座に座ったエウルカ国王がいた。褐色《かっしょく》の肌《はだ》に引《ひ》き締《し》まった体型の、光に当たる部分が紫《むらさき》に見える黒い短髪《たんぱつ》で、白くゆったりとした服が似合っている姿は、話に聞いていたエウルカ国王の特徴《とくちょう》そのものだった。

それに意志の強そうな金色の瞳《ひとみ》が横に座っているランファ様を愛《いと》しげに見つめている。

「パラシオ国より使者として参りました。ユリアス・ノッガーと申します」

私は恭《うやうや》しく頭を下げて挨拶《あいさつ》をした。

「ノッガー令嬢《れいじょう》、頭を上げてくれ。其方《そなた》は我が愛しの妃《きさき》を仲介《ちゅうかい》してくれた恩人の上に、妃の親友でもあるのだろ。堅苦《かたくる》しいのはやめにしよう」

頭を上げると、ランファ様に慈愛《じあい》に満ちた視線を向けられ、私は寒気を感じた。

私の知っているランファ様は礼儀《れいぎ》に厳しい人だ。

だからこそ、朝ではなく昼に近い今の時間に来たことをまず怒られると覚悟していた。

けれど、ランファ様が怒っている気配はない。

「ご無沙汰《ぶさた》しておりますランファ様」

「ええ。よく来てくれましたわね。ユリアス」

あ、これは、違《ちが》う。

穏《おだ》やかなランファ様の顔からは感じ取れないが、声の端々《はしばし》から怒気《どき》を感じる。

怒っているのにそれを表に出せない何かがあるのだろうか？

「この度《たび》はご結婚ならびに御懐妊《ごかいにん》おめでとうございます。僭越《せんえつ》ながら、お祝いの品を持参いたしました」

私の言葉に、今まで気づかなかったが謁見の間の隅《すみ》にいた数人の従者から噴《ふ》き出《だ》すような小さな笑い声が聞こえた。

その中でも焦茶《こげちゃ》の服を着た小太りな男が、クスクスと笑いながら前に出てきた。

「パラシオ国の凄腕《すごうで》商人と名高いノッガー家には悪いとは思いますが、ベビーベッドやお包《くる》み、オモチャにしてもすでにたくさん贈《おく》り物《もの》をいただいているので、お祝いの品も高が知れているというものですな」

「宰相《さいしょう》、言葉がすぎるぞ」

どうやら小太りな男はこの国の宰相のようだ。

国王様から睨《にら》まれ、少し慌《あわ》てたようにオロオロと弁明しようとしている彼を見れば凄《すご》い力のある宰相に見えなかった。

「うちの宰相が失礼をした。決してパラシオ国に喧嘩《けんか》を売ったわけではないと理解してくれると信じている。それに、そういった類《たぐい》の物はいくらあっても困ることはないから、気になどせずにいてくれると助かる」

流石《さすが》は国王である。

パラシオ国の使者としてやってきたと先に言った私の立場をきちんと理解してくれたのだ。

「国王様、気になどしていませんのでご安心ください。それに、私はそういった類の品を持参したわけではございません」

私は手に持っていたお祝いの品が記載《きさい》された書状を献上《けんじょう》した。

荷物が多いのでこの場では目録だけ、品物は今頃《いまごろ》宮殿に運び込まれていることだろう。

「私がお持ちしたのは、マタニティドレスにリラックスクッション、妊婦《にんぷ》の方に必要な栄養の取れる健康茶に妊娠線《にんしんせん》を防ぐ保湿《ほしつ》クリームや命名占《うらな》い本『素晴《すば》らしい人生を送れる字画を一挙解明読本完全版』などなど、ランファ様のストレスを少しでも軽減してくれるアイテムを取《と》り揃《そろ》えました」

出産祝いは生まれてくる子どもの物を贈りがちだが、妊婦の時にしか使わない物の方がプレゼントされると嬉《うれ》しいと聞いたことがあった。

子どもの物を買うのは親の楽しみでもあるが、自分の物は後回しにしたり必要ない理由を探してしまうため、プレゼントでもらえると自分を大事にしようと思えるのだろう。

「ああ、流石ノッガー家と言うしかない。ランファは本当によい友人を持ったな」

国王様がランファ様に優《やさ》しい笑顔《えがお》を向け、その甘い空気にランファ様も照れたように笑顔を返している姿は仲睦《むつ》まじすぎて眩《まぶ》しい。

「ユリアス、お礼も兼《か》ねてお話しもしたいし私の部屋でお茶しませんこと？」

にこやかなランファ様の拒否《きょひ》を許さない声色《こわいろ》に私は頷《うなず》くことしかできなかった。

ランファ様の部屋は落ち着いた雰囲気《ふんいき》の中にも気品溢《あふ》れる部屋だった。

周りにいた侍女《じじょ》達はテキパキとお茶とお菓子《かし》の準備をすると、にこやかに部屋を出て行ってしまった。

侍女達がいなくなると、空気がグッと張《は》り詰《つ》めたものになっていく気がした。

「ユリアス、私は朝一に来るように言ったわよね？」

「そんなことより、ランファ様は一段と美しくなられた気がいたします」

「そんな見えすいたこと言われても騙《だま》されてあげないわよ」

しばらくお説教された後、ランフア様はゆっくりと椅子《いす》に深く座り直した。

「貴女《あなた》が来てくれてよかったわ」

ポツリと呟《つぶや》いた言葉はなんだかランフア様の疲《つか》れを感じるものだった。

「ランフア様、今幸せですか？」

「……勿論《もちろん》よ」

なんとも言えない間が気になる。

「私はずっとこの国にいませんよ。もしも悩んでることがあればお話しください」

心配する私の言葉にランフア様は口を尖《とが》らせてみせた。

「私は幸せよ。ただ、疲れてはいるわ」

妊婦とは体調が崩《くず》れやすいと言うし、疲れやすくもなるのだろう。

「お持ちした健康茶で効果が出るといいのですが」

今回持ってきた健康茶はグリーンドラゴンであるバネッテ様が作ってくれたものだから効果も絶大だし、妊婦に悪影響《あくえいきょう》な成分は入っていない安心のお茶で自信作だ。

「お茶は大事に飲ませてもらうわ。でも違うのよ」

何が言いたいのか分からず首を傾《かし》げる私にランフア様は言いづらそうに言った。

「私、頑張《がんば》っているのよ」

ランフア様は常に努力している印象があるから、頑張っているのもよく分かる。

そう思って頷けば、ランファ様はムッとした。

「私が何を頑張っているか、貴女に分かるわけないわ」

「何を頑張ってるのか、教えてくださらないと分かりません」

ランファ様はしばらく黙《だま》るとポツリと呟いた。

「この国の人達って皆《みんな》、おおらかすぎるんだもの」

言われてみれば、私が時間を過ぎても機嫌《きげん》を悪くした雰囲気はなかった。

「私なら怒ってしまう状況《じょうきょう》でも、この国の人達は怒ったりしないのよ」

私は心配になった。

「もしや、怒ってばかりいるのですか？」

「そんなわけないでしょ！　だから、ストレスだって言ってるのよ」

そうか、ランファ様は猫《ねこ》を被《かぶ》っているのだ。

「おおらかなことが駄目《だめ》って言ってるんじゃないの。王様は素敵《すてき》な人だし、私が元々調子乗りのワガママだったことを、教えてくれたのは他でもない貴女でしょ」

ランファ様はフーッと息を吐《は》いた。

「だから、エウルカ王国に来てからは生まれ変わった気持ちでワガママを言わないように一度頭で口にしようとした言葉を考えてみて、傲慢《ごうまん》に聞こえそうなら言わないようにしているし、従者達にも感謝の気持ちを持って接してるわ……ただ、疲れちゃうのよ」

ランフア様も大変である。

「たまには怒るのもストレス発散には効果があるのですね」

「そうね。だからさっき貴女を怒鳴《どな》って少しスッキリしたわ」

ランフア様はお茶を一口飲むとフフフッと楽しそうに笑った。

「ユリアスって不思議な子よね。貴女のおかげで凄く気分が晴れたわ。ほら、さっき話に割り込んできた宰相いたでしょ。あの人、以前の私だったら暗殺してたわ」

ランフア様はニコニコしながらそう言った。

凄く怖《こわ》いことを口にしている自覚はあるのだろうか？

「それにあの人、私が妊娠したのが気に入らないみたいなのよ。子どもができなかったら自分の娘《むすめ》を側室にするつもりだったみたい」

『側室』と言うランフア様はなんだか寂《さび》しそうに見える。

「それなのに、私は正妃《せいひ》として優秀《ゆうしゅう》で王様も溺愛《できあい》していてさらに妊娠したものだから、なおのことね」

「ランフア様は美しく聡明《そうめい》ですから」

「ルドニーク様の妻になるつもりだった時から王妃《おうひ》になるための知識を詰め込んでいたのだから当然でしょ」

私も王太子妃の勉強をしているから、簡単なことではないのはよく分かる。

「言っとくけど、ルドニーク様に未練もないし今凄く幸せなの。国王様は私をびっくりするほど愛してくれているの。私は側室を迎えても構わないと思っているのに」

私が驚《おどろ》いているのを、ランファ様は可笑《おか》しいと言って笑った。

「だって、私の父もたくさんの側室がいるし、そういうものでしょ？　それに、この私が側室に負けると思う？」

ランファ様がえっへんと言わんばかりに胸を張ってみせた。

「ランファ様が負けるところなんて想像できません」

「まあ、貴女には負けたのだけれどね」

少し揶揄《からか》うように言われた。

「それは、殿下《でんか》の趣味《しゅみ》が悪いのだと思います」

私は真剣《しんけん》に言ったのに、ランファ様はフンと鼻で笑った。

「私が男だったら、絶対貴女と結婚《けっこん》するわ。だって、幸せになれそうだもの」

やはり揶揄うような口調のランファ様は楽しそうだ。

「貴女になるのは面倒《めんどう》そうだから嫌《いや》だけどね」

それは、褒《ほ》められていないのだろう。

「話を戻《もど》すけど、側室を作ってもいいって王様に言ったの」

それは言っていいのだろうか？

「王様がどう思ったのかは分からないのだけど、その後から溺愛されるようになったわ」

「ランフア様に嫌《きら》われたと思われたのでは？」

恋愛《れんあい》について初心者の私の考えでは自信は微塵《みじん》もないけど、たぶんそうじゃないか？

「宰相達も側室を推してくるし、この国のためにも必要だと思ったのよ。それに最後には私の元へ戻ってきてくれるなら、側室も仕方がないと思ってただけなの」

私なら殿下に側室ができたら凄く嫌だが、ランフア様は側室が当たり前の環境《かんきょう》で生活していたからそういう考えをもってしまったのかもしれない。

「王様は側室を持つつもりはないって言ってくれたのだけど、それでいいのかしら？　子どもはたくさんいた方がいいじゃない？」

ランフア様は苦笑した。

納得はしていても、きっと独り占めしたい気持ちもあるに違いない。

「でもやっぱり国のためにはワガママは言ってられないわ。王様のことは好きだけれど側室を迎えることについてもう一度伝えてみるわ」

「そうなんですね」

ランフア様はニッコリと笑顔を向けた。

「ユリアスも直《す》ぐに分かるわ」

優しい笑顔のランフア様は凄く美しかった。

「エウルカ国王様を愛していると言っているようなものですね」

私の呟きに、ランフア様は可愛らしく赤面した。

そんなランフア様は初めて見る。

「ランフア様、今凄く可愛らしいです！」

「煩《うるさ》いですわ！　黙りなさい」

ランフア様の照れ顔にホッコリしてしまったのは言うまでもない。

「そんなことはどうでもいいのよ。ユリアス貴女、王様に余計なことは言わないでちょうだいね」

余計なこととはなんであろうか？

私が首を傾げるとランフア様はイライラしたように言った。

「私がルドニーク様を想《おも》っていたとか、そういった余計なことよ」

「殿下を想ってらしたでしょうか？」

私の言葉に、ランフア様は絶句した。

「私から見て、ランフア様の殿下に対するお気持ちは自分の将来のための最善といったものであり、恋情《れんじょう》の類には見えません。特に、エウルカ国王様のお話をしているランフア様を見れば一目瞭然《いちもくりょうぜん》ですから」

ランフア様は安心したようにため息をついた。

「ユリアスには迷惑《めいわく》をかけたわ」

「いいえ……ちなみに、ランファ様がエウルカ国王様を好きで好きで仕方がない話はしてもよろしいでしょうか？」

「貴女、監禁《かんきん》されたいの？」

ランファ様の目は本気だった。

「余計なことは一切《いっさい》いたしません」

私が胸に手を当て誓《ちか》うと、ランファ様はフフフッと笑ってくれた。


あの後、他愛《たわい》のない話をしながらお茶会は進み、日が傾《かたむ》いたのを感じる頃、エウルカ国王様が直々に晩餐《ばんさん》のお誘《さそ》いにやってきた。

従者に託《ことづ》ければいいだけの話なのだが、こういったところがおおらかなのかもしれない。

「我が妃も、ノッガー嬢《じょう》がいると楽しそうだ。良ければ帰国まで城に滞在《たいざい》してほしい」

「エウルカ国王様の申し出とあれば、そうしたいのもやまやまなのですが、我がノッガー家は商業を生業とする家であり、商業についての見識を広めたく思っているので、城での滞在は……」

私が断りの言葉を並べると、エウルカ国王様はへニョリと眉《まゆ》を下げて残念そうな顔になった。

まるで捨てられた子犬のようだ。

このままでは私が悪いみたいになってしまう。

助けを求めるようにランファ様を見れば、緩《ゆる》む口元を指先で隠《かく》しながら幸せそうにエウルカ国王様を見つめていた。

これ、私がお邪魔《じゃま》なのでは？

「では、せめて数日滞在してはもらえないか？　妃も友人との時間を大事にしたいだろ？」

「そうですわね。ユリアス、数日でいいから私の話相手になって」

この状態で数日滞在なんてしたら、惚気《のろけ》を永遠に聞かされると直感した。

「この国でしか取れない美容効果のある植物の話もしたいし」

私はランファ様の手を両手で掴《つか》んだ。

「是非《ぜひ》、滞在させていただきますわ」

満足そうなランファ様に騙されている気もしなくもないが、美容効果のある植物なんて話を聞かされたら詳《くわ》しく調べてどうにか商品化と安定供給の方法を考えなくては！

私はまだ見ぬ植物に思いを馳《は》せた。

「ノッガー嬢は植物に興味があるのか」

エウルカ国王様の呟きに、私は力いっぱい拳《こぶし》を握《にぎ》りしめて力説した。

「いいえ！　私は売れる商品全般《ぜんぱん》に興味があります！」

「商品化できると決まったわけじゃないじゃない」

呆《あき》れ顔《がお》のランファ様に私は胸を張ってみせた。

「そうでしょうか？　私にはすでに売れる未来が見えているのです」

高笑いしたい気持ちをグッと笑顔に押し込めた。

「大丈夫《だいじょうぶ》です。必要な契約《けいやく》書はこちらで用意いたしますし、用意もすでにできています。後は気に入った商品の取引条件を固めるだけ。ランファ様、私どもノッガー家は将来的にも有意義な関係を築いていけると約束いたしましょう」

私の迫力《はくりょく》にランファ様は一歩後ろに下がった。

「貴女のそういうところ、本当に怖いわ」

「逆に言うと、味方であれば心強いではありませんか？」

私の笑顔に、ランファ様は嫌そうな顔したのは言うまでもない。

# 宮殿に滞在ですか？

ひとまず、宿屋に戻《もど》り二日分の荷物をまとめる。

バハル船長達にも宮殿《きゅうでん》に行く旨《むね》を伝えた。

ドラゴンの二人は勝手に楽しむから気にするなと言っていた。

それに、殿下《でんか》との約束である通信機を忘れたら大変だ。

ランファ様とエウルカ国王様の二人を見ていたら、殿下に会いたくなってしまった。

本人には会いたいなどとは恥《は》ずかしくて言えないのだが、せめて声だけでも聞きたい。

寝《ね》る前の殿下との会話は私の心を満たしてくれる。

でも、他国のお城で自国の王子殿下と連絡《れんらく》を取っていたらスパイだと思われないだろうか？

私なら、慰謝料請求《いしゃりょうせいきゅう》してしまう案件だろう。

面倒《めんどう》な疑いを持たれる前に事情を話した方がいいのかもしれない。

私は城に着いたら直《す》ぐにランファ様に通信機の話をすることを決めた。

宮殿に戻ると、晩餐《ばんさん》の準備が整ったと言われ、急いで晩餐用のドレスに着替《きが》えた。

案内された部屋に入ると、すでに席に着いていた人達の視線が私に集まる。

「遅《おそ》くなり、申し訳ございません」

「気にすることはない。さあ、妃《きさき》の横に座ってくれ」

エウルカ国王様の勧《すす》めでランファ様の横に座ると、さりげなく小突《こづ》かれた。

ランファ様は怒《おこ》っていると分かっていたが、気づかないフリをしておく。

「いやはや、パラシオ国の使者様も晩餐会に呼ばれているとは、もしや側室の座でも狙《ねら》っているのか？」

謁見《えっけん》の時と同じように、宰相《さいしょう》が難癖《なんくせ》をつけてくる。

「宰相、言葉がすぎるぞ」

エウルカ国王様が鋭《するど》く睨《にら》めば、黙《だま》るしかない宰相に小物感が拭《ぬぐ》えない。

「ユリアスを側室になんて、宰相は本当に怖《こわ》いもの知らずですわね」

ニコニコとしたランファ様の声は思いの外低く冷たいもので、驚《おどろ》いた。

「いやはや、ランファ妃《ひ》様は何を言っているのか？」

「ユリアスはパラシオ国の使者であり、国の経済を支える中心人物な上に、王子であるルドニーク様の婚約者《こんやくしゃ》なのよ。ユリアスを側室にしたら、パラシオ国と戦争になるわね」

ランファ様の口調は優《やさ》しいが、私には分かる。

あれは完全に怒っている。

ランフア様の説明に、ただの使者だと思っていた私がパラシオ国の重要人物だと分かり部屋の温度が下がった気がした。

「ルドニーク様はユリアスを溺愛《できあい》しているから、先ほどの宰相の言葉を聞いたらどんな目に遭ってしまうのか、私心配だわ」

どんどん顔を青くする宰相が、なんだか可哀想《かわいそう》に見える。

「ランフア様、殿下は決して溺愛しているわけでは」

「……ユリアス、貴女《あなた》自覚がなさすぎない？」

私が首を傾《かし》げると、ランフア様は大きなため息をついた。

「それはルドニーク様が可哀想だわ」

えっ？　私が悪いの？

私が少し納得《なっとく》いかない顔をするとランフア様はさらに深いため息をついた。

「ノッガー嬢《じょう》はパラシオ国の王妃《おうひ》になる人物だったのか」

エウルカ国王様は顎《あご》を撫《な》でながら呟《つぶや》いた。

「もし、ルドニーク様との婚約がなくなっても、私のお兄様であるラオファァン国第一王子ジュファが直ぐさま婚約を申し込む予定ですので、ユリアスは側室にはお勧めできませんわ」

ランファ様の言葉に、エウルカ国王様は困った顔をした。

「余はランファ以外の妃は要《い》らないといつも言っているだろう」

ランファ様は嬉《うれ》しそうに口元が緩《ゆる》むのを、手で隠《かく》した。

素直《すなお》に嬉しいと言えばいいのに。

エウルカ国王様からはランファ様の照れ顔が見えていないから、困り顔のままだ。

「本当に兄様ってランファ妃のこと大好きよね」

その声に驚いて、私は視線をうつした。

声の先には、今まさに部屋に入ってきたばかりのような、エウルカ国王様に似た顔に黒く見える緑の髪《かみ》に金色の瞳《ひとみ》で、褐色《かっしょく》の肌《はだ》は妖艶《ようえん》なエキゾチック美人がいた。

「初めまして、ノッガー嬢。私はカサンドラ・エーフ・エウルカ。この国の国王ダン・ダリル・エウルカの妹よ」

この人が王妹のカサンドラ様。

この国の女性の中心人物で有名だ。

「お初にお目にかかります。ユリアス・ノッガーと申します」

「堅苦《かたくる》しい挨拶《あいさつ》はやめてよ」

よくも悪くも親しみやすい雰囲気《ふんいき》の女性である。

「私には夫が二人いるの。一人は商人の出でね。ラスコといい頭の切れる男で、もう一人は上位神官でもあるラジータだよ。今はここにはいないが、後で挨拶させよう。ラスコはノッガー嬢のファンだと聞いていたし、彼からノッガー嬢の活躍のいくつかは聞いてるのよ」

カサンドラ様の嬉しそうな笑顔《えがお》に、私もつられて笑顔を作る。

「活躍とはどういった話なのかいささか疑問ですが、いい話であると信じます」

カサンドラ様は軽《かろ》やかな足取りで宰相の横に座った。

「兄様に迷惑《めいわく》かけると私は宰相だからって、ただじゃ済まさないって知ってるわよね」

「迷惑なんて」

宰相はばつの悪い顔をしながら、カサンドラ様から視線をそらした。

「最近私の大事な息子《むすこ》のドラドに媚《こ》びてるって聞いたけど、やめてほしいものだわ。兄様、宰相が何かしたら直ぐに言ってね！　私が地獄《じごく》に落とすから」

カサンドラ様は近隣《きんりん》諸国でも有名な武人だと聞く。

だからこそ、ムキムキで熊のような女性だと噂《うわさ》されていたが、妖艶美人だとは知らなかった。

カサンドラ様のような強く美しい女性のトータルコーディネートができたら、『アリアド』の売り上げもさらに伸《の》びるのでは？

今、カサンドラ様が着ているドレスはゆったりとした布を美しい刺繍《ししゅう》の入ったリボン

で縛《しば》るもので、神話に出てくる女神《めがみ》のようだ。

動きやすく、カサンドラ様の妖艶さを損なわないドレスに普段着《ふだんぎ》。

売れるとしか思えない。

思わず口元の緩む私に冷たい視線を向けるランファ様には気づかないフリをしておいた。


晩餐が終わり、部屋で寛《くつろ》いでいて気づいた。

私、通信機の話をしていない。

晩餐の間に話しておけば良かった。

翌日に報告したら、怪《あや》しい人物になってしまうのでは？

エウルカ国王様に謁見させてもらおう。

急いで誰《だれ》かに託《ことづ》けてもらおうとドアに近づくと、部屋にノックの音が響《ひび》いた。

これは好都合である。

私は躊躇《ためら》わずにドアを開けた。

「やあ、ノッガー嬢。少し話をしたいのだが？」

そこに立っていたのは、エウルカ国王様だった。

会うつもりであったが、いきなり来られるのは違《ちが》うと思う。

私はそっとドアを閉めた。

ドアを閉めてしばらくして、控《ひか》えめにドアが叩《たた》かれた。

「何か都合が悪かっただろうか？」

「エウルカ国王様、私はランファ様の友人ですので、友人の旦那《だんな》様と二人きりで話すのは誤解を招く恐《おそ》れが」

「大丈夫《だいじょうぶ》だ。側近を一人連れている」

私はホッとしてドアを開いた。

言われてみれば、エウルカ国王様の体格がいいせいで気づけなかったが、後ろに綺麗《きれい》な顔をした男性が一人立っていた。

「彼は妹の夫の一人、神官のラジータだ」

「初めましてラジータ様、ユリアス・ノッガーと申します」

ラジータ様は静かに頭を下げてくれた。

二人を部屋に招き入れ、応接スペースのソファーに座ってもらう。

備えつけのお茶を淹《い》れて出すと、エウルカ国王様は申し訳なさそうに話しかけてきた。

「休んでいるところにすまないな」

「いいえ、実は事情があり、エウルカ国王様にお会いしたいと思っていたところでした」

私は通信機をエウルカ国王様の前に置いた。

「私の婚約者であるルドニーク殿下に国を離《はな》れる許可と引《ひ》き換《か》えにとこれを渡《わた》されていまして」

私の言葉にエウルカ国王様とラジータ様の眉間《みけん》にシワが寄る。

「ルドニーク殿下は……私が異国で何かしでかさないか心配なようで、毎日あったことを報告することになっているのです」

続けた私の話に、二人は首を傾げた。

「決して、他国の機密を暴こうとするスパイ的なものではないと言い切れますが、こんなものを王宮に持って入る時点で怪しいとは思いませんか？」

私はフーッと息を吐いて、お茶を一口飲んだ。

「もし、疑いが晴れぬようでしたら、ルドニーク殿下から直接説明していただきますので没収《ぼっしゅう》などはしないでいただけたら嬉しいのですが」

エウルカ国王様はしばらくキョトンとしていたが、ぶふぁっと噴《ふ》き出《だ》した。

そんなエウルカ国王様の背中を優しく撫でるラジータ様はまだ私を怪訝《けげん》そうに見ている。

「ノッガー嬢が嘘《うそ》を言っていないか、離れた場所で通信機を使っているのを見ていてもいいだろうか？」

「事情？」

エウルカ国王様は楽しそうに、そう提案してくれた。

まあ、私達の会話で聞いてもらってはいけないことなどないから、その提案は有難《ありがた》いものであった。

船の中で、通信機を使っている時も必ず周りに誰かいたから、大丈夫だろう。

エウルカ国王様が私から離れると私は通信機を起動した。

しばらくプープーと気の抜《ぬ》けた音が響き、カチャッという音で繋《つな》がったのが分かった。

この通信機は最新の魔道具《まどうぐ》で、魔道具の前に映っている映像が通信機の上に小さく現れる優《すぐ》れものだ。

『ユリアス昨日ぶりだな』

「はい殿下。あの、報告したいことがありまして」

私の言葉に、魔道具越《ご》しの殿下が不信感を隠そうともしない顔になった。

『何をした』

私が話したいこと、イコール私が何かしたと考えるのはどうかと思う。

『ランファ姫《ひめ》を怒らせたか？　それともいい商品を見つけて契約《けいやく》書が欲《ほ》しいのか？　厄介《やっかい》ごとに巻き込まれたか？　従業員が増えたから迎えの船を送ってほしいのか？』

「私の行動を全て予想するのはやめてほしいです」

殿下は思いっきり大きなため息をついた。

『エウルカ国王陛下やランファ姫に迷惑をかけるなよ』

私が不満を顔に出すと、殿下は柔《やわ》らか笑った。

『今日は一人か？　バハル船長や護衛の二人にもユリアスが無茶しないように念を押しておきたいんだが』

私は笑いを堪《こら》えているエウルカ国王様に視線をうつした。

「実は、ランファ様に招待され宮殿に滞在《たいざい》していまして」

『おい、宮殿で通信機なんか使ったら怪しまれるだろ』

「通信機使いたいので外出しますね！　なんて言う方が怪しくないでしょうか？」

殿下はまた大きなため息をついた。

『エウルカ国王陛下に謁見を申し入れてくれるか？　俺が説明する』

殿下ならそう言ってくれるだろうと思っていた。

「そうしていただこうと思いまして、直ぐそこにエウルカ国王様がいらっしゃいます」

『そういうことは先に言え！』

エウルカ国王様はクスクスと笑うと通信機の前に来てくれた。

「やあ、パラシオ王子。君の婚約者は面白《おもしろ》い女性だね」

『ご無沙汰《ぶさた》しておりますエウルカ国王陛下、我が婚約者が多大なるご迷惑をおかけし』

「かしこまることはない。ノッガー嬢には我が妃の懐妊祝いに来てくれ、感謝している」

通信機の向こうの殿下が、明らかに驚いたのが分かる。

『聞いてないぞユリアス』

「個人的なお手紙の内容を婚約者とはいえ漏洩《ろうえい》するのは良くないと思いませんか？」

殿下が頭を抱《かか》えた。

『エウルカ国王陛下、自分からは後日改めて祝いの品を贈《おく》らせていただきます』

「いや、ノッガー嬢の持ってきてくれたもので充分《じゅうぶん》すぎるほどの贈り物をいただいたから気にしないでほしい」

殿下は申し訳ない顔をしている。

「ランフア姫は、自分にとっても妹のような存在だ。祝わせてほしい」

『それならば、断るわけにはいかないな』

嬉しそうな顔のエウルカ国王様に殿下も笑顔を返した。

『ユリアスが迷惑をかけていないようで安心しました』

「私をトラブルメーカーのように言わないでください」

『残念だが、トラブルメーカーだろ』

そんなはずはない、はずである。

私は不満で舌打ちしたいのをグッと我慢《がまん》した。

『大変なトラブルを起こす前に帰ってこい』

パラシオ国に帰ったら、舌打ちしまくろうと心に決めた。

「それなのだが、しばらくノッガー嬢にはランファの側《そば》にいてほしいと考えているのだ」

『は？』

私も聞いていなかった言葉に、ポカンとしてしまった。

『それは』

「無理を承知で頼《たの》みたい。ノッガー嬢を少しの間でいいから、貸してほしいのだ」

殿下はしばらく腕《うで》を組んで考え、ゆっくりと口を開いた。

『理由をうかがっても？』

エウルカ国王様はグッと言葉に詰《つ》まった。

深刻な内容なのだろうか？

私達が固唾《かたず》を呑《の》んで見守る中。

「実は、ランファのことで相談したいことがあるのだ」

ランファ様は何かしでかしてしまったのだろうか？

「余は、ランファに嫌《きら》われたくないのだ‼　どうすればランファが余を愛してくれるかいろいろと教えてほしい」

エウルカ国王様は力いっぱい叫《さけ》んだ。

通信機越しの殿下がなんとも言えない顔をしている。

「え〜と、ランファ様はきちんとエウルカ国王様のことを愛してらっしゃいますよ」

「だが、ランファは側室を持つことに寛大《かんだい》だ。普通《ふつう》、嫌《いや》だろ側室」

ランファ様の生《お》い立《た》ちのせいで、エウルカ国王様が勘違《かんちが》いしているのは明白である。

私はしばらく部屋の隅《すみ》を見つめてから、気持ちを切《き》り替《か》えることにした。

「それでは……そんな悩《なや》めるエウルカ国王様へおススメする商品がこちら」

私は荷物の中から本を二冊取り出した。

「その名も『妊娠《にんしん》中！　出産後！　旦那様と別れたくなった悪魔《あくま》の言葉!!』（庶民《しょみん》版・貴族版）セット」

私の言葉に、男性陣《じん》の顔色が悪くなったのが見てとれた。

「ノッガー家調べによると、女性は母になると子どもを守るため強くなり役に立たない旦那様を煩《わずら》わしく感じるのだとか。そんな女性達が旦那様をいらないと感じた止《とど》めの一言をまとめたこの本を読むことによって、愛想《あいそ》を尽《つ》かされない勉強をしてみては？」

私が差し出した本を怯《おび》えるように見つめるエウルカ国王様。

その横にいるラジータ様も、本を凝視《ぎょうし》している。

「ノッガー嬢、かなり分厚い本だが、全て言ったらいけない言葉なのか？」

「はい。実際に別れた事例も詳細《しょうさい》に書かれているので、女性達が毎年買ってくださるベストセラー本ですわ」

「毎年？」

震《ふる》え声のエウルカ国王様に、私はニコニコしながら言った。

「三年前から毎年出している本ですわ。こちらも、つい最近出たばかりの今年版です」

『そんな恐ろしい話が毎年更新《こうしん》されているのか？』

殿下の震え声が虚《むな》しく響いた。

「この本をリビングのテーブルに置いておくだけで旦那様が優しくなったという実例もあるので、旦那様との関係を持続させたい方も終わらせたい方も買ってくださるんですよ」

本の中をパラパラと確認《かくにん》したエウルカ国王様が驚愕《きょうがく》している。

「こんな些細《ささい》なことで、別れたいと女性は思うのか？」

「普段《ふだん》我慢できることも何度も言われたら、原因になります」

その場の空気が一気に凍《こお》りついた。

『ユリアス、その本俺も欲しいんだが』

「勿論《もちろん》、殿下の分もご用意しますね」

生き生きと話す私以外の空気は重い。

「重要なのは、この本を読んで、こんなことでと思わずパートナーに絶対に言わないと思える気持ちが大切だということです」

エウルカ国王様は本を大事そうに抱えた。

「決して、ランファを悲しませることのないようにすると誓《ちか》おう」

私はニヤつく口元を指で隠した。

「エウルカ国王様、私はこういった類《たぐい》のハウトゥー本を数多く出版させていただいているのですが、もしよろしければノッガー家の出版物をエウルカ王国でも販売《はんばい》できる権利などをいただけないでしょうか？」

エウルカ王国での出版権を手に入れられれば、後々エウルカ王国版の本を出すことも夢じゃない。

「そうしてもらえると、こちらとしても助かる」

私は直ぐさま契約書を取り出し、エウルカ国王様に差し出した。

「では、こちらにサインを」

こんなこともあろうかと準備しておいて本当によかった。

エウルカ国王様がサラサラとサインをしてくれた契約書を受け取り、私は丁寧《ていねい》にしまった。

大事に持って帰らなくては！

『エウルカ国王陛下の憂慮《ゆうりょ》はこれで晴れたでしょうか？　できるだけ早くユリアスを帰してほしいのですが』

私は少しムッとして、早く帰らせようとする殿下に指を差して言った。

「私はまだ、充分な買いつけをしていませんわ」

殿下も一切《いっさい》引く気がないようだ。

『問題を起こす前に帰って来い』

「問題を起こさなければよろしいのでは？」

殿下は額に手を当ててため息をついた。

『お前は人誑《たら》しだからな。これ以上、ライバルを増やされたら困る。そういった意味では凄《すご》く心配していると分からないか？』

それは、褒《ほ》められているのか？　貶《けな》されているのか？

「殿下は私を買い被《かぶ》りすぎでは？」

『本人に自覚がないのも困りものだ』

私は心の中で舌打ちをした。

「パラシオ王子、ノッガー嬢は必ず安全にお帰しする。ただ、ノッガー嬢と一緒《いっしょ》にいるランフアは余の知らない顔をしていて、それだけ仲のよい友人なのだと分かるのだ。ランフアに友人との楽しい時間をもっと過ごしてほしいしもう少し、数週間で構わないから側にいてあげてほしい」

殿下はしばらく黙ると言った。

『数週間は長すぎる。数日なら許可しましょう。貴方《あなた》がランフア姫のことを大事にしていることは分かりますし……エウルカ国王陛下のランフア姫への想《おも》いと同じかそれ以上に、自分はユリアスを大事に想っているので』

殿下の言葉に不覚にもときめいてしまったのは内緒《ないしょ》だ。

「パラシオ王子達は仲がいいんだな」

何故《なぜ》かシュンとするエウルカ国王様に殿下はフンッと鼻を鳴らした。

『エウルカ国王陛下もランフア姫と仲がいいのでしょう？』

「ランフアは余に何も望まない。それが仲がいいと言えるだろうか？」

ランフア様が猫《ねこ》を被っているせいで、エウルカ国王様は不安で仕方がないようだ。

「ランフア様はきちんとエウルカ国王様を愛しています。ご安心ください」

納得いかない顔のエウルカ国王様には笑顔を送っておく。

『ランフア姫は完璧《かんぺき》な女性を目指す人だ。気の緩んだところを好きな男に見せたくないだけだと思いますよ』

エウルカ国王様はやっと柔らかく笑ってくれた。

「パラシオ王子の人のよさ、痛み入るばかりだ。ところで、貴殿《きでん》らは毎夜通信機での会話をしているのか？」

「この度《たび》の旅行の間は、毎晩通信する予定ですわ」

私がそう言えば、エウルカ国王様は嬉しそうに頷《うなず》いた。

「余は、パラシオ王子のことが気に入った。またお邪魔《じゃま》してもよろしいか？」

殿下はニッコリと笑顔を作った。

『勿論お断りいたします』

エウルカ国王様はムッとしたように口を尖《とが》らせた。

「少しぐらいよいではないか」

『ただでさえ会えない愛する者との貴重な時間だということを理解してほしいのです』

殿下の声がどんどん低くなっていく。

『なんでいつも邪魔ばかり増えるんだ』

殿下が私と二人の時間を大事にしていることが分かって凄く嬉しい。

これは、できるだけ二人の時間を作らないといけないんじゃないだろうか？

「いや、貴殿らの間を邪魔するつもりはこれっぽっちもない。ただ、ランフアの相談をできるのは貴殿らしかいないのだ」

いや、それはどうなのか？

『エウルカ国王陛下はランフア姫に直接想いの丈《たけ》をぶつけては？』

エウルカ国王様はグッと息を詰めた。

『全てをさらけ出せる存在になった方が楽ですよ』

殿下だって、たまに格好つけようとするくせに。

そんな言葉を私は飲み込んだ。

「私もできるだけ想いの丈を伝えるようにしています」

私が胸を張って主張すれば、エウルカ国王様は感心してくれた。

「例えば、どういったことを？」

「あ、え～と、書類にサインが欲しいとか、レポート書いてほしいとか」

今まで黙っていたラジータ様が困惑《こんわく》したように呟いた。

「それは、仕事では？」

私も口に出してみて、ようやくこれではないと分かったのに、ラジータ様は凄いと感心していると、殿下がポツリと呟いた。

『誰でも気づくからな』

「私の心を読まないでいただけます？」

私と殿下はいつもの掛《か》け合《あ》いにクスクス笑ってしまうのだった。

エウルカ国王様に通信機の話をした翌日、ランファ様に会いに行くと怒《おこ》られた。

「何故《なぜ》私が怒っているか分かる？」

何かしてしまっただろうか？

私がいまいちピンときていないことに、ランファ様がさらにイライラした。

「昨夜、王様と逢引《あいびき》していたんですって」

「……逢引？　私がですか？」

私の反応に、ランファ様はフンッと鼻を鳴らした。

「王様が貴女の部屋から出てきたのを見たと宰相から聞いたの。王様に会ったのは確かね」

「はい」

「どんな話をしたのかしら？」

「本の流通の契約《けいやく》の話と通信機の使用についての話などをしました」

正直に話したのに、納得《なっとく》いかない顔をされた。

「通信機？」

「殿下《でんか》と毎晩通信機で会話していまして、その使用許可をもらっていました」

ランフア様は頬《ほお》を膨《ふく》らませてみせた。

「そういうことは私に先に言ってほしかったわ」

「先に言うつもりでしたが、たまたまエウルカ国王様が部屋にいらっしゃったのでその話をしました」

ランフア様はハーッと息を吐《は》いた。

「夜に王様が部屋に来たらもっと色っぽいことになっていてもおかしくないって普通《ふつう》は思うのよ」

「ラジータ様もいましたし、通信機で殿下とも通話していましたよ」

私が嘘《うそ》をついていないと分かったのか、ランフア様は安心したように口元に笑《え》みをのせた。

「ランフア様、本当はエウルカ国王様を独《ひと》り占《じ》めしたいのではありませんか？」

「……当たり前でしょ」

そんな素直《すなお》な一言をエウルカ国王様に言ってあげてほしい。

「猫被《ねこかぶ》るのをやめてみては？」

ランフア様は私に背を向けてしまった。

「嫌《いや》よ。嫌《きら》われたくないもの」

「嫌わないと思いますけど」

ランファ様は不貞腐《ふてくさ》れてクッションを抱《かか》えた。

「で、王様は私のことで何か言ってた？」

エウルカ国王様がランファ様を好きで好きで仕方がないと話していいのだろうか？

「ランファ様が素晴《すば》らしい女性だと言っていました」

「そう思ってもらえるように努力しているもの」

私はゆっくりとランファ様の手を握《にぎ》った。

「ランファ様、『愛されて女子になる方法』みたいな本を書いてみませんか？』」

私が期待を込《こ》めて見つめると、ランファ様は嫌そうな顔をして私の顔に手を乗せて視線を遮《さえぎ》った。

「貴女《あなた》ねえ、なんでもお金にしようと思わないでくれないかしら？」

「私からお金儲《かねもう》けを取ったら何も残りません」

ランファ様が完璧《かんぺき》に呆《あき》れていた。

「そんなことを自信満々に言うものじゃないでしょう。それに、お金儲け以外にも貴女の良さはたくさんあるわ」

本当にランファ様は仲良くなると優《やさ》しい。

お姉様と呼びたい。

「私、結構貴女に憧《あこが》れているんですのよ」

私があからさまに驚《おどろ》いてしまった。

私からしたら、女性としてランファ様に勝てるところなど存在しないと思っているし、王族との婚姻《こんいん》も妊娠《にんしん》まで学ばせてほしいことばかりなのだ。

「自立した女性という面では、貴女に憧れている女性はたくさんいるわ。だから、そんな珍獣《ちんじゅう》を見るような目で見ないでくれるかしら」

自立した女性だなんていい言葉で言ってもらえてるが、男性に甘えられない可愛《かわい》げのない女性だと言われてもおかしくない。

「私はランファ様から愛され女子になる方法を学ぶことはあっても、教えられることは一《いっ》切《さい》ないと思います」

ランファ様はクスクスと上品に笑った。

「貴女には貴女なりの愛され方があるでしょう」

愛され方？

ランファ様の言葉は私の中にじんわりと溶《と》けて染《し》み込んでいくようだった。

無性《むしょう》に殿下に会いたくなったことは、ランファ様に気づかれたくないと思った。

「ランファ様は猫を被るより、素直な方が数百倍可愛らしいです」

ランフア様の可愛さをエウルカ国王様にも見てほしいと心の底から思った瞬間《しゅんかん》だった。

ランフア様には私の気持ちは分かってもらえなかったが、いずれエウルカ国王様の前で猫を被ることをやめてくれそうな予感はしたから、これ以上言うのはやめようと決めた。

そんな時、ランフア様の部屋に小さなノックが響《ひび》いた。

部屋付きの侍女《じじょ》さんが確認《かくにん》しに行くと、そこには五、六歳ぐらいの男の子が立っていた。

「王妃《おうひ》様、ドラド様がお越《こ》しになりました」

ドラドと呼ばれた男の子は許可を得ずにランフア様に駆《か》け寄《よ》った。

「王妃様、遊んでください」

可愛らしくランフア様に抱《だ》きつくドラド様はエウルカ国王様にそっくりに見えた。

「王妃様、こちらはどなたですか？」

ドラド様は私を見ながらランフア様に聞いた。

「こちらはパラシオ国の次期王妃のユリアス様です」

ランフア様の堅苦《かたくる》しい説明に、ドラド様は胸に手を当て頭を下げた。

「初めまして、パラシオ国の次期王妃様。僕の名前はドラドと申します」

礼儀《れいぎ》正《ただ》しく挨拶《あいさつ》をされ、私も丁寧《ていねい》に頭を下げた。

「初めまして、ユリアス・ノッガーと申します。気軽にユリアスとお呼びください」

ドラド様は照れたような笑顔を見せてくれた。

「ドラド様はカサンドラ様の息子《むすこ》様ですわ」

王妹様の息子様。

「王妃様も凄《すご》く美しいですが、ユリアス様も美しいですね」

照れながらも女性を褒《ほ》めるドラド様のポテンシャルが恐《おそ》ろしい。

「お褒めいただきありがとうございます。ですが、ランファ様に比べれば私など足元にも及《およ》びません」

「王妃様は王妃様の美しさであって、ユリアス様の美しさとは別です。比べることなどできない美しさだということです」

小さな紳士《しんし》に私はグッときた。

「ドラド様は本当に素敵《すてき》な男性ですわ」

ランファ様が優しく頭を撫《な》でると、ドラド様は顔を赤くした。

ああ、小さな紳士はランファ様に恋心《こいごころ》を抱《いだ》いているようだ。

なんとも微笑《ほほえ》ましい。

「世の男性方にも見習ってほしいですわ」

私の呟《つぶや》きに、ドラド様はキョトンとした。

「ユリアス様は誰《だれ》がどう見ても美しいですが、他の男性から言われたことがないのですか？」

純粋《じゅんすい》な瞳《ひとみ》で見つめながら言われた質問に、ゆっくり考えてみる。

「社交辞令ではたくさん言われましたが……」

「それ、貴女が気づいてないだけですわ」

ランファ様は呆れ顔である。

「ランファ様は誰がどう見ても美しいですから、言われ慣れてらっしゃると思いますが、私には縁遠《えんどお》いものです」

ランファ様は額に手を当てた。

「ルドニーク様に美しいと言われたことはあるでしょ？」

「記憶《きおく》にございません」

私の言葉にランファ様は額に当てていた手を外した。

その時の顔は美しすぎて、怖《こわ》いぐらいだった。

「ルドニーク様ってば、そんなにポンコツなんですの？」

言ってはいけないことを、私は口にしてしまったようだ。

「あの……か、可愛いとは言ってもらっています」

自分からそんなことを言わなくてはいけなくなってしまい、後悔《こうかい》する。

「ユリアス、可愛いは当たり前なのよ」

えっ？

私が驚きで言葉を失うとランファ様はあからさまなため息をついた。

「普通に考えて、ルドニーク様とデートに行くとして服装やメイク、足の先から頭のてっぺんまで気を使ってお洒落《しゃれ》するわけよね？　見て直《す》ぐ美しいと言うのが礼儀でしょう？」

それは礼儀ですか？

分からないが、それを口にした瞬間、ランファ様に怒られる未来は見えた。

「ドラド様もそう思いますわよね？」

「はい！」

ランファ様から受ける英才教育の現場を目撃《もくげき》してしまった気がする。

「そう言えば、ドラド様はお勉強の時間は大丈夫《だいじょうぶ》なんですの？」

ランファ様が、時計を見ながら言えば、ドラド様は胸を張った。

「すでに経済学と帝王《ていおう》学と一般常識《いっぱんじょうしき》の授業を行ってきました！」

五歳児には早すぎる授業内容に言葉を失う私に気づくこともなく、ドラド様はニコニコしている。

「そうでしたか。ドラド様は本当に聡明《そうめい》でいらっしゃいますのね」

ランファ様ですら感心している。

「ですが、父はもっと凄いのです！　質問することには全て答えてくれますし、僕が興味を持つように難しいことも楽しく教えてくれるんです」

「ドラド様は本当にラスコ様が大好きなんですのね」

ランファ様がドラド様の頭を撫でると、ドラド様はシュンとしてしまった。

「どうかなさいましたか？」

私が聞くと、ドラド様はしばらく言い淀《よど》み、ゆっくりと口を開いた。

「父は毎日宰相《さいしょう》に虐《いじ》められているんです。庶民《しょみん》庶民って……庶民は貴族の役に立てってって仕事も押しつけられてて……僕が勉強を頑張《がんば》って、早く父の力になりたいです」

ドラド様は眉《まゆ》の下がった笑顔で、私とランファ様は胸を締《し》めつけられる気持ちになった。

「ドラド様は本当に聡明でお優しい方です。私はドラド様のそういったところが大好きですのよ」

ランファ様はそう言ってドラド様を強く抱きしめた。

ドラド様はそれはそれは嬉《うれ》しそうに口元を緩《ゆる》ませてランファ様に抱きついていて、私はその微笑ましい光景にウルッとしそうになった。

しかし、エウルカ王国の宰相は一体どういうつもりなのか。他国の使者に嫌味を言ったり、ランファ様の妊娠に不満をもらしたり、さらに王妹の旦那を侮辱……？

「話を戻すけど、今日もルドニーク様と通信しますのよね？」

突然《とつぜん》思い出したかのように、ランファ様がドラド様を抱えた状態で私に聞いてきた。

「はい」

私の返事に、ランファ様の口元が上がる。

「私がきちんと話して差し上げますわ」

ああ、どうやら先ほどの殿下が私に綺麗《きれい》と言わない話は終わっていなかったようだ。

殿下ごめんなさい。

今日も二人きりの時間を作ることは無理そうです。

私は遠くを見つめることしかできなかったのだった。


夜、通信する前にランファ様が部屋まで来てくれた。

「ルドニーク様の不甲斐《ふがい》なさには驚きですわ。目にあまるようであれば、ユリアスはお兄様と結婚《けっこん》した方が幸せになれるわ」

ランファ様の言葉の端々《はしばし》から棘《とげ》を感じる。

「とりあえず、殿下に繋《つな》ぎますね」

私が通信機を動かすと、直ぐに殿下に繋がった。

『必ず誰かいるな……』

同意見ですとは、思っても言えない雰囲気《ふんいき》が漂《ただよ》っていた。

「ルドニーク様、お久しぶりでございますわ」

『ああ、久しぶりだなランファ姫《ひめ》……もしや、ご機嫌斜《きげんなな》めか？』

直ぐにランファ様のただならぬオーラを殿下は感じ取ったようだ。

「フフフ、どうして私の機嫌が悪いとお分かりで？」

殿下はあからさまに嫌そうな顔をした。

『ジフがランファ姫は怒れば怒るほど綺麗に笑うと言っていたからな』

殿下の言葉にランファ姫の笑顔が深くなる。

『ユリアス、ランファ姫が尋常《じんじょう》じゃなくキレて見えるんだが？』

私が説明しようと思って口を開くよりも早く、ランファ様が言った。

「ルドニーク様はユリアスのことをどう思ってますの？」

突然の質問に殿下は言葉を失った。

「私、王様との縁《えん》を繋いでくださったユリアスには幸せになってほしいと常々思っているのですが……そのへんはどう考えてらっしゃいます？」

『それは、間違《まちが》いなく幸せにしたいと思っている』

殿下は力強く言い切った。

「では、ユリアスに〝綺麗だ〟と言ったことはありますか？」

殿下の時間が止まった。

通信機が壊《こわ》れたのかと思うほどの沈黙《ちんもく》の後、唸《うな》りながら殿下が悩《なや》み出した。

「信じられませんわ！　女とは男性に褒められることによって幸せを得られるのですわ」

ランファ様のお説教が始まったのと、部屋のドアがゆっくりと開いたのは、ほぼ同時だった。

入ってきたのは、エウルカ国王様とラジータ様だ。

ああ、ランファ様気づいて！

そう思ったが、ランファ様が気づく気配はない。

殿下を叱《しか》りつけるランファ様を何故か嬉しそうに見つめるエウルカ国王様。

幸せそうだから、黙《だま》っておこう。

もしかしたら気づかれる前に、部屋を出て行くかもしれない。

そんな淡《あわ》い期待を胸にした瞬間、ランファ様が私の方を振《ふ》り返《かえ》った。

期待を裏切るのが早すぎないだろうか？

エウルカ国王様に気づいたランファ様は、ビクッと肩《かた》を跳《は》ねさせ言葉を失い、しばらくの沈黙の後悲鳴を上げた。

今にも泣いてしまいそうなランファ様をエウルカ国王様は慌《あわ》てて抱きしめた。

「ああ、怒っているランファも美しいぞ」

エウルカ国王様の言葉にランファ様は目をウルウルさせた。

「嘘ですわ！　こんな姿を見て、幻滅《げんめつ》したに違《ちが》いありません」

ランファ様の瞳から涙《なみだ》が溢《あふ》れた。

「幻滅なんてしないぞ」

ランファ様の頭を優しく撫でるエウルカ国王様に、ランファ様は離《はな》れようと胸を押してもがく。

「酷《ひど》い、ずっと猫を被ってきたのに」

消え去りそうなランファ様の呟きに、エウルカ国王様は首を傾《かし》げた。

「猫なんて被ってたのか？」

エウルカ国王様がポカンとしていてランファ様はさらにもがき、腕《うで》から逃《に》げ出《だ》した。

そして、私の後ろに隠《かく》れてしまった。

「ランファ」

「そうですわ！　どうせ猫をニャーニャー被ってますわ！」

ニャーニャー可愛い‼

私がキュンとしているのと同じようにエウルカ国王様も左手で目を覆《おお》いながら天を仰《あお》ぎ、右手で胸をギュッと握っていた。

明らかにキュンキュンしてるのが見て分かる。

「ノッガー嬢《じょう》、ランファをこっちに」

抱きしめたいようだ。

手を広げて待ち侘《まわ》びるエウルカ国王様に目もくれず私の腰《こし》に腕を回し離れようとしないランファ様。

「ノッガー嬢、ズルイぞ！」

「私のせいではありません」

ランファ様の手をこじ開けようとしたが、離してくれる気配すらない。

『ランファ姫、ユリアスが潰《つぶ》れそうだ』

殿下の空気の読めない言葉に、ランファ様はムッとした声で言った。

「そんなに力を入れてません」

言いながらさらに力を入れてくるランファ様。

『ユリアスが大人しく抱きしめられているなんて、ランファ姫が羨《うらや》ましいのだが』

殿下が何かを呟いていたが私には届かなかった。

「もう、王様に嫌われたわ。生きていけない」

ランファ様が私の背中に額を擦《こす》りつけながら呟く。

「ランファ様、エウルカ国王様はランファ様を嫌ったりしてませんよ」

私は腰に巻かれた腕を撫でながら、そう伝えた。

「そうだぞ、むしろ愛《いと》おしいと感じている」

エウルカ国王様の優しい声に、ようやくランファ様は私の背後から顔を出した。

「本当に？」

怯《おび》えたランファ様に手を広げるエウルカ国王様は、まるで野生動物を保護する人のように見えた。

「ほら、ノッガー嬢ではなく、余にランファを抱きしめる栄誉《えいよ》をくれないか？」

ランファ様はおずおずと私から離れて、エウルカ国王様の前に移動した。

エウルカ国王様は完全に緩みきった笑顔でランファ様を抱きしめた。

「ああ、余の妃《きさき》は本当に可愛いな～これからはいろんなランファを見せてくれ」

ランファ様はエウルカ国王様の胸に額をつけて呟いた。

「私は、王様が思っているようなできた妃ではありません。怒りますし、嫉妬《しっと》もしますわ」

エウルカ国王様は驚いた顔をした。

「嫉妬してくれるのか？」

「当たり前ですわ！　私以外見ないで」

エウルカ国王様はランファ様をさらに強く抱きしめ、頭にキスを落とした。

目の前でイチャイチャされるこっちの気持ちにも気づいてほしい。

私は通信機を抱えた。

「二人の世界に旅立ってしまったようです」

『幸せそうで良かった。早く彼らを部屋から追い出して、落ち着いて話がしたいな』

同意見だが、イチャイチャオーラを壊してしまいそうで話しかける勇気はない。

私にできることは、できるだけ空気のようになり、二人を見ないようにすることだけであった。

『ところで、リーレン様とハイス様は問題を起こしたりしていないか？』

話を変えた殿下の質問に私は、ハッとした。

そう言えば、エウルカ王国に来て直ぐから二人を見ていない。

言葉に詰《つ》まる私に殿下は直ぐさま気づいたようだった。

『いや、君が知らないということは問題を起こしてはいないのだろう。どうせ二人で旅を楽しんでいるのだろう』

そうだろうとは思うが、ドラゴンを二人も放置しているのはよろしくないだろう。

「明日、様子を確認してみます」

『そうだな。そうしてくれ』

そんな話を殿下としている間も、ランファ様達はイチャイチャしていて、別の部屋でやってほしいと頭を抱えたくなった。

「あの～そろそろ部屋を変えて、心置きなくイチャイチャされては？」

耐《た》えきれずに声をかければ、ランファ様がハッとした。

「私、まだルドニーク様にユリアスをきちんと褒めなくてはいけない話をし終えていませんの」

「あ〜、大丈夫ですランファ様、私はたまに言ってもらえる可愛いが、凄く嬉しいので」

ランファ様は納得していない顔だったが、エウルカ国王様に促《うなが》されて部屋を出て行ってくれた。

なんとか二人でいる時間を作れたことに安心しながら、通信機に目をうつすと、殿下は両手で顔を覆い隠していた。

「殿下?」

私が声をかけると、殿下は指を少しだけ開きこちらを覗《のぞ》き見た。

『……嬉しいのか?』

「はい?」

私が何を言いたいのか分からず首を傾げると、殿下はフーっと息を吐いた。

『君のそういうところが、ズルイと思うぞ』

理不尽《りふじん》なことを言われている気がする。

思わず舌打ちをしてしまったのは、二人きりなのだから許されるはずだ。

『君の舌打ちを久しぶりに聞いた』

何故か嬉しそうに言われた。

嫌な気持ちになってほしいわけではないが、納得できない反応である。

「殿下は舌打ちが嬉しいのですか？」

殿下はクスクスと笑った。

『嬉しいわけではないはずなんだが、君が俺に心を許してくれている証《あかし》だと思うと嬉しいと感じてしまうな』

そう感じられていると思うと、途端《とたん》に恥《は》ずかしく思えてしまう。

「舌打ちしづらいです」

『気にせずしてくれていいぞ』

かなり悔《くや》しい気持ちになったのは言うまでもないと思う。

# 国の噂は港で聞きましょう

翌日、港に戻《もど》りリーレン様達の行方《ゆくえ》を聞くとどうやらバハル船長達と仲良くなっているようで、昼間は二人でデートを楽しみ夕暮れ時には港に帰ってきているのだと言う。

安心した。

私はあからさまにホッとしてしまった。

「姫《ひめ》様も気苦労が絶えないな」

バハル船長はニヤニヤしながら私の背中を軽く叩《たた》いた。

「そんなこと」

「あるだろう？　エウルカ王国は今、勢力が二分してるんだろ？」

私が首を傾《かし》げると、バハル船長は信じられないと言いたそうな顔をした。

「元々、エウルカ国王には子どもがいなくて国王の妹に息子《むすこ》が一人いたからその子が次期国王と言われてきたが、異国から嫁《よめ》をもらい子どもができたことで、国王派と国王の妹派で勢力が二分してるって聞いたぜ」

小説などで良くある派閥《はばつ》争いの典型みたいなものが、エウルカ王国で起きているとバハル船長は言いたいようだった。

「でも、ランファ様とその渦中《かちゅう》のお子様であるドラド様は凄《すご》く仲良しでしたよ？」

「そうなのか？　酒場ではそんな話で持ちきりだったぞ」

ということは、本人達ではなく、派閥の間だけで盛り上がっている話ということではないか？

「国王の子どもが王子ならなんの問題もないんだろうけどな」

「そうかしら？　女王政治なんて格好いいと思うけど」

男の子でも女の子でも、ランファ様が育てるなら素晴《すば》らしい王になれそうな気がするのは、私だけではないはずだ。

「姫様の子どもなら、どっちでも経営の上手《うま》い子どもになるだろうな」

殿下《でんか》に似たら堅実《けんじつ》な子になりそうだと思う。

「まあ、姫様が巻き込まれなきゃ俺には関係ないけどな」

無責任に見えて、私が巻き込まれたら助けてくれる気でいるバハル船長はいいお兄ちゃん役と言える。

今の話は他人である私が首を突《つ》っ込むわけにはいかない話だ。

ランファ様に相談されたわけでもないし、気にしないのが一番である。

「自分から巻き込まれに行くなよ」

「勿論《もちろん》」

そんなことするわけがないが、殿下にこの話はしておいた方がいいに決まっている。

「あと、王子に迷惑《めいわく》かけんなよ」

なんだかんだと、バハル船長は殿下を好きだと思う。

「ただでさえ姫様に振《ふ》り回《まわ》されてんだから、離《はな》れている時ぐらいゆっくりさせてやれ」

バハル船長を私のお兄ちゃんのようだと思っていたのだが、どうやら殿下のお兄ちゃんなのではないかと疑いたくなる対応である。

裏切られたようで、少し寂《さび》しい。

とりあえず、一緒《いっしょ》に来た人達も各々《おのおの》平和に過ごせているようだ。

護衛の二人も一緒に宮殿《きゅうでん》に来てくれていたのだが、宮殿内の警備兵に連れて行かれ訓練させられているのは、気にしないようにしている。

気にしたら負けだ。

「あら？」

そんな話をバハル船長としていたその時、港の市場を慌《あわ》てたように歩く宰相《さいしょう》が見えた。
五、六歳ぐらいの男の子を追いかけているように見える。
よくよく見れば、その男の子はドラド様のようだ。

「お待ちくださいドラド様」

「宰相はついてこないでいい」

「街は危ない所ばかりなのですぞ。それにまだお話が……」

「護衛がついてるから大丈夫《だいじょうぶ》！」

逃《に》げるドラド様に媚《こ》びるような猫撫《ねこな》で声《ごえ》を出す宰相は側《はた》から見ても、変態感がある。

追いかけた方がいいか悩《なや》む私に、バハル船長が言った。

「宰相の噂《うわさ》もあるぜ」

「噂？」

バハル船長は鼻をフンッと鳴らした。

「見れば分かんだろ。王妹の息子を王にして、孫娘《まごむすめ》を結婚《けっこん》させて王政を握《にぎ》る気らしいってよ」

それはドラド様に媚びている理由として安直ではないだろうか？

「王妹の旦那《だんな》のラスコってやつには、貴族の圧力で仕事を押しつけてるって話もあるぜ」

それが本当なら、小説に出てきても中盤《ちゅうばん》に倒《たお》される中ボスレベルの宰相である。

「国王も、宰相の悪事をまとめて突きつけるために、密偵《みってい》を動かしてるみたいだ。これは酔《よ》っ払《ぱら》いから聞いたから、庶民《しょみん》の願望かもしれないけどな」

バハル船長はニヒルに口元だけ引き上げた。

「話してるうちに、宰相達行っちまったぞ」

バハル船長がニシシッと笑った。

「足止めしました？」

「余計なことに首突っ込むと、王子に怒《おこ》られんぞ」

私は小さくため息をついた。

殿下の話をされると、会いたくなってしまうからやめてほしい。

私は、ドラド様と宰相を追いかけることを、諦《あきら》めたのだった。

媚びようとしているってことは、傷つけたり誘拐《ゆうかい》したりはしないはずだからだ。

ちなみに、もう宿に戻りたいと言ったのだが、逆に宿に残していた荷物も全て宮殿に運ばれてきてしまった。

もうしばらく宮殿にいなくてはいけなくなったことを殿下に報告したら盛大《せいだい》にため息をつかれた。

『一体あと何日滞在するつもりだ？　帰ってくる気あるのか？　いや、はっきり言われたら心が折れそうだ』

なんだか殿下が疲《つか》れているように見える。

「殿下、大丈夫ですか？」

心配で聞けば、殿下はフーッと息を吐《は》いた。

『早く帰って俺を安心させてくれ』

殿下は眉《まゆ》の下がった笑顔《えがお》だ。

「今、ものすごく殿下を抱きしめたい気持ちになりましたわ」

私の口からこぼれ落ちた言葉に、殿下は困った顔になった。

『それは、帰ってきたら好きなだけ《だ》してくれていいぞ』

優《やさ》しい殿下の言葉もだが、ランフア様とエウルカ国王様が仲良くしているのを見れば見るほど殿下に会いたくなる。

早く帰らなくては。

そう改めて思ったその瞬間《しゅんかん》、私の部屋にノックの音が響《ひび》いた。

『嫌《いや》な予感がする』

殿下、その言葉を巷《ちまた》でなんと言うか知っていますか?

「そういった言葉を〝フラグ〟と言うらしいですよ」

そう、旗を立てて目立つようにしたさま、固定された結末のことを〝フラグ〟と言うのだと、バナッシュさんが教えてくれた。

バナッシュさんは、マチルダさんのアシスタントをするようになってから、かなり博識になっている。

従業員のレベルの高さを感じながら、私の思考は現実逃避《とうひ》に旅立った。

「ノッガー様、少しお時間をいただけないでしょうか？」

静かに響く大人な男性の声に、聞き覚えはあるが誰《だれ》かまでは分からないまま扉《とびら》を開くと、そこにいたのはラジータ様だった。

「ラジータ様？」

「パラシオ王子との通信中だとお見受けしますが、少しだけお話しをさせていただけませんか？」

なんだか思《おも》い詰《つ》めた雰囲気《ふんいき》のラジータ様に、今はやめてほしいなどと断りの言葉をかけられるほど私は鬼《おに》ではない。

「とりあえず部屋の中へどうぞ」

私が部屋に招き入れると、当然のように殿下のため息をつく音が聞こえたが、無視した。

「お二人の大事な時間を、邪魔《じゃま》してしまい申し訳ございません」

ラジータ様は深々と頭を下げてくれた。

『かしこまらなくていい』

殿下に止められ、頭を上げたラジータ様は一つ息を吐き出すと語り出した。

「聡明《そうめい》で行動力もあり、たくさんの難事件を解決してきたと有名なノッガー様にご相談がありまして」

「それは誰の話でしょうか？」

私が首を傾げると、ラジータ様はにっこりと笑った。

「勿論、ノッガー様のことでございます」

難事件を解決した覚えなどない。

「商人の間で語られる話を聞いたことがあり、真実だとは思っていませんが、この国でもノッガー様のご活躍《かつやく》は知《し》れ渡《わた》っているのです」

たぶん、事件云々《うんぬん》は全て嘘《うそ》である。

商売的な話なら本当のことがあるかもしれないが、事件となると思い浮《う》かぶものはない。

今からラジータ様が言う話を聞いてしまったら、きっと面倒臭《めんどうくさ》いことになる。

そう確信した瞬間には、ラジータ様が話し始めてしまった。

「もうすでにご存じかもしれませんが、今エウルカ王国は危機に直面しています」

なんとも壮大《そうだい》な出だしに、話の内容を警戒《けいかい》してしまう。

「エウルカ王国の派閥の話はご存じですか？」

昼間バハル船長から聞いた話だと、ピンときた。

「エウルカ国王様とカサンドラ様の派閥ですわね」

私の推測に、ラジータ様は首を横に振った。

「違《ちが》います。国王のお子を推《お》す派と、カサンドラ様のお子であるドラド様を推す派です。これが何を意味するか、分かりますか？」

ラジータ様の顔色は悪い。

こんな話を他国の王族に聞かせるのは、決してエウルカ王国の得にはならないと分かっているのだろう。

『それは、本人達の意思は反映されていないということか？』

殿下の解答に、ラジータ様は苦笑いを浮かべた。

「我が国の王は妃《きさき》の次に妹を愛し、カサンドラ様もまた王を愛していて、王権を欲《ほ》しがってはいないのです」

『周りの貴族だけで盛り上がっているということか』

通信機越《ご》しだが、流石《さすが》殿下である。

「ドラド様派の筆頭はドラド様の父親であるラスコ様です」

ラジータ様は悲しそうに俯《うつむ》いた。

「ラスコ様が派閥を率いることになったのは、私のせいなのです」

ラジータ様の一言に部屋の空気は重苦しいものに変わった。

「私がカサンドラ様の二人目の夫になったのは六年ほど前になります。私たちは愛し合って結婚したわけではありません」

「政略結婚ですか？」

どこの国にも、そんな制度があるのかと思った私に、ラジータ様は首を横に振ってみせた。

「政略結婚ならまだよかったのかもしれません」

ラジータ様はしばらく天井《てんじょう》の隅《すみ》を見つめ、それからゆっくりと話してくれた。

「私は高い神聖力を持って男爵家《だんしゃくけ》に生まれ、その力のため物心がつく頃《ころ》には神官として教会で暮らすようになっていました。そして、最年少で高位神官の位を手にしたのです」

輝《かがや》かしい経歴を聞いていた私達だったが、ラジータ様の雰囲気は暗い。

「そのせいで、私はことあるごとに難癖《なんくせ》をつけられるようになっていき、終《しま》いには元々可《か》愛《わい》がってくれていた先輩《せんぱい》神官達から空気のような扱《あつか》いを受けるようになりました」

ああ、簡単に言えば、虐《いじ》められてしまったのだ。

「精神的に追い詰められた私を救ってくださったのがカサンドラ様でした」

さっきまで闇《やみ》を背負っていたラジータ様はクスッと笑った。

「カサンドラ様は戦女神《いくさめがみ》と言われるだけあって、生傷の絶えない方で、私の治癒魔法《ちゆまほう》を必要としてくださり、私には王族と結婚することで、誰よりも高い地位を持った神官にしていただくことで利害が一致《いっち》したのです」

だから、愛のある結婚ではないと言い切るのかと、納得《なっとく》する。

「ですが、カサンドラ様にはすでに愛し合っている夫のラスコ様がいました。突然《とつぜん》現れた第二の夫の存在にラスコ様は疑心暗鬼《ぎしんあんき》になっていってしまいました」

ラジータ様は目を閉じて息を吐いた。

「ラスコ様はエウルカ王国の大商人の次男で貴族の出ではないことをコンプレックスに感じていたようで、高位神官で男爵家の出である私がどんなに説明をしても貴族にカサンドラ様を奪われたと思い込んでいるため、愛のない結婚だとは信じてもらえませんでした」

ああ、なんて売れそうなストーリーだろう。後々でいいから小説にしたらダメだろうか？

そんなことを私が考えているなんて想像すらしていないだろう。

「さらに、私がカサンドラ様と結婚してから、ドラド様を孕《みごも》られたことがさらにラスコ様を不安にさせてしまったようで……私は神官ですから、カサンドラ様とは清い関係です。なのでラスコ様のお子様だと分かっていると思うのですが」

『その誤解が何故《なぜ》派閥にまで発展するんだ？』

殿下の言いたいことは分かる。

「ドラド様が次期国王になれば、ラスコ様が国王の父親になれるからだと思います」

本当に典型的な物語のシナリオのようだ。

「カサンドラ様はラスコ様をとても大事にしていますし、心配など必要ないのに」

ラジータ様はカサンドラ様もラスコ様も好きなのだろう。

自分のせいで拗《こじ》れてしまったことに罪悪感を抱いてしまっているのだ。

「私はラスコ様に会ったことがないのでなんとも言えませんが、分かり合えたらいいですね」

ありきたりな言葉しか出てこない自分が凄く嫌になる。

「私もそう思っています。そのためにもノッガー様のお知恵をお借りしたいのです。エウルカ王国の平和のためにどうか……」

ラジータ様は祈るように手を組み合わせて見せた。

どうにかしてあげたい気持ちが湧《わ》く。

見れば殿下は呆《あき》れた顔で私を見つめていた。

私が気にかけていると気づいているのだろう。

『首を突っ込むんじゃないぞ』

殿下の声が虚《むな》しく響いた。

『返事をしろ』

私はニッコリ笑って通信機に手を伸《の》ばした。

「あら？　なんだか電波が悪いようで殿下の声が聞こえづらいですね？」

『そんな見えすいた嘘を』

私はそのまま通信機を切った。

後々怒られるのは目に見えているが、仕方がない。

「では、明日でいいのでラスコ様に会わせていただけますか？」

何ごともなかったようにラジータ様に話しかければ、驚《おどろ》いた顔をされた。

とりあえず私は、通信機を大切にしまって、ラジータ様に笑顔を向けた。

「当事者全員にお話を聞かなくては、正しい判断はできないものですわ」

「あ、ありがとうございます」

ラジータ様は希望に満ちた眼差《まなざ》しで私を見ているが、話を聞いた上で無理だと判断したら速《すみ》やかに国に帰ろうとも思っていることは口に出さないことにした。

ランファ様が関わっているし、友人として、できることはしたいが限界はある。

とにかくラスコ様の話次第《しだい》だ。

# ラジータ様はラスコ様の信者です

翌日、ラジータ様の案内でラスコ様に会うことになった。

煌《きら》びやかな宮殿の中でも、質素に見える中庭を抜《ぬ》けて辿《たど》り着《つ》いた部屋は、やはり落ち着いた雰囲気《ふんいき》の廊下《ろうか》の先にあった。

調度品がないわけでもないのに、センスを感じるレイアウトで素敵《すてき》だ。

建物のレイアウトをまとめた本とか売れるかもしれない。

私がそんなことを考えている間にラジータ様は部屋のドアをノックしていた。

ドアが開き従者らしき人が恭《うやうや》しく頭を下げ、案内してくれた先には書類を見つめる天使がいた。

ラスコ様は、絵画で見る大天使が飛び出してきたような見た目をしていた。

濃《こ》い金髪《きんぱつ》は短髪《たんぱつ》ウェーブで、これをエンジェルパーマと言うのだと確信した。

瞳《ひとみ》は黄緑色で、神秘的で整いすぎた顔立ちだ。

「ラジータ様……そちらの方は？」

少し嫌《いや》そうな顔をしたラスコ様は、私に気づくと首を傾《かし》げた。

そんな仕草さえ美しく見える。

「ランファ王妃《おうひ》様のご友人のノッガー様です」

「ユリアス・ノッガーと申します」

私がゆっくりと淑女《しゅくじょ》の礼をするのと、ラスコ様が勢いよく立ち上がったのはほぼ同時だった。

ラスコ様の座っていた椅子《いす》が倒《たお》れて大きな音が響《ひび》いた。

「ユリアス・ノッガー様」

ラスコ様の口から小さく私の名前がこぼれ落ちた。

「えっと、何処《どこ》かでお会いしたことがありましたでしょうか？」

少なくとも、私にはラスコ様に会った記憶《きおく》はない。

こんな大天使のような見た目を忘れることは不可能だと思う。

「あっああ、初めてお目にかかります。ラスコと申します」

ラスコ様は瞳を輝《かがや》かせて私に近づき手を差し出してきた。

握手《あくしゅ》を求められていると気づき、その手を摑《つか》んだ。

「ノッガー様と握手してる」

何故《なぜ》か噛《か》みしめるようにそう言われ、驚《おどろ》いてしまったのは仕方がないと思う。

「ああ、失礼しました。ノッガー様に対する憧《あこが》れが溢《あふ》れてしまい、申し訳ない」

今度は私が首を傾げる番だ。

「憧れ？」

「そうです。たくさんの斬新《ざんしん》なアイデアで人々の生活をよくする聖女と名高いノッガー様の噂《うわさ》は世界中に轟《とどろ》いております」

そんな大層な人間ではない。

「別人の話では？」

「いいえ。自分の友人のバリガという男からもよく聞いているのです」

私の頭に、護衛の顔が浮《う》かんだ。

どんな噂を流しているのか、バリガを厳しく問《と》い詰《つ》めようと心に決めた。

「この度《たび》はどういった御用《ごよう》向きでいらっしゃったのですか？」

ラスコ様に聞かれてようやく本題を思い出した。

「ラスコ様とカサンドラ様の馴《な》れ初《そ》めをお聞きしたいと思い、うかがわせていただきました」

ラスコ様は私の言葉にピシリと固まってしまった。

「ラジータ様が、お二人がとても仲睦《むつ》まじいと教えてくださったので、夫婦《ふうふ》円満の秘訣《ひけつ》などありましたら教えていただきたいと思っています」

ラジータ様は私を見ながら頷《うなず》いた。

「……その話はしたくありません。帰ってください」

ラスコ様は思い詰めたような眼差《まなざ》しで私とラジータ様を部屋から押し出した。

ラジータ様には聞かれたくない話なのかもしれないと思いながら、ラジータ様に視線をうつした。

すると、ラジータ様は閉められたドアに向かって両手を揃《そろ》えて拝んでいた。

「ラジータ様？」

「あっ、すみません。ラスコ様があまりにも神々《こうごう》しくて思わず祈《いの》りを捧《ささ》げてしまいました」

ニコッと笑うラジータ様が急に異常に見えるのは私の気のせいだろうか？

「何故？」

そんな言葉しか出てこないのは、普通《ふつう》だと信じたい。

「ノッガー様はラスコ様がどのように見えましたか？」

見え方を言えばいいのだろうか？

「大変美しい方だと思いました」

「そうなのです。ラスコ様は神のように美しい方……むしろ神そのものなのです」

あ、この人、普通そうに見えて、普通じゃない。

「私は仮にも神官の端《はし》くれ、神を崇《あが》め奉《たてまつ》らずにはいられないのです」

拳《こぶし》を握《にぎ》りしめながら力説するラジータ様は、私からは悪魔《あくま》に取り憑《つ》かれているようにしか見えないと言ったら怒《おこ》られそうだから、グッと我慢《がまん》した。

「カサンドラ様はラジータ様の信仰心《しんこう》に関して、理解されているのでしょうか？」

私の心配をよそに、ラジータ様はいい笑顔《えがお》を向けてきた。

「勿論《もちろん》です。カサンドラ様とラスコ様の美しさについて語る時間は至福の時ですから」

どうやら、二人の共通点はラスコ様を愛《め》でることのようだ。

まさか、こんな話を二人がしているなんて知らないラスコ様がラジータ様に嫉妬《しっと》するのが、目に見えるようだ。

とはいえ、ラスコ様の情報が少なすぎるし、バリガを友人と言うぐらいだから、彼に聞くことに決めた。

そして、厳しく問い詰めよう。

私はそう決めて、ラジータ様に案内してもらってバリガとルチャルのいるという兵士の演習場に向かった。

演習場ではたくさんの兵士達が訓練をしていた。

パラシオ国では見ない訓練をしているように見える。

「ユリアス様！」

私に気づいたバリガとルチャルが手を振《ふ》りながら走ってきた。

私はニッコリと笑顔を作った。

すると、二人はピタリとその場に立ち止まった。

私からただならぬオーラが出てしまったのかもしれない。

「な、何かありましたか？」

ルチャルが様子をうかがうように聞いた言葉に私は笑みを深める。

「とりあえず、私とお話ししましょうか？」

二人の顔色が悪くなったのが分かった。

「特にバリガさん」

二人は顔を見合わせた。

無言でルチャルがバリガを指差し、バリガが激しく首を横に振っていた。

「私は何かしてしまったでしょうか？」

「その辺も踏《ふ》まえてお話ししましょう」

肩《かた》を落とすバリガの背中をルチャルが撫《な》でてあげていた。

私が悪いことをしているみたいに見えるからやめてほしい。

「ノッガー様、お二人に汗《あせ》を流す時間を差し上げては？」

今まで無言だったラジータ様の言葉に二人は凄《すご》く喜んだ。

私の配慮《はいりょ》が足りなかったと反省してしまった。

二人には身支度《みじたく》をしてから部屋に来てもらうことにして先に自室に戻《もど》った私は、お茶の用意をして二人を待つことにした。

とりあえず、ラジータ様にお茶とお茶菓子《ちゃがし》を出す。

パラシオ国から私が持ち込んだお茶と日持ちのするカロリー補給栄養食と言っていいクッキーだ。

問題点があるとすれば、クッキーが口の中の水分をエグいぐらい持っていってしまうため、お茶の消費が増えるぐらいである。

「美味《おい》しいです」

ラジータ様はクッキーを食べ、お茶を飲むと落ち着いたように顔を綻《ほころ》ばせた。

「それは良かったです。そのクッキーは私の自信作ですから」

二人で他愛《たわい》もない話をしていると、部屋にノックの音が響いた。

ドアを開けると、ものすごく急いでくれたようで髪《かみ》の乾《かわ》いていない護衛二人が息を切らせて立っていた。

「そこまで急がなくてもよかったですのに」

「いいえ、ユリアス様をお待たせすることはできません」

私は二人を部屋に入れソファーに座らせて、二人の頭にタオルを乗せルチャルから頭を拭《ふ》いてあげることにした。

「ユリアス様、大丈夫《だいじょうぶ》です」

慌《あわ》てるルチャルの頭を両手で挟《はさ》み、前を向かせて後ろから拭く。

「人にやってもらうのもたまにはいいでしょ」

ルチャルの髪の毛は短いので、直《す》ぐに乾く。

次にバリガの頭を拭こうとするとソファーから逃《に》げられた。

「ユリアス様のお手を煩《わずら》わせるわけにはいきません」

「好きでやっているのです」

「私は結構です」

睨《にら》み合《あ》いを続ける私とバリガ。

そんな様子を見ていたルチャルが素早《すばや》い動きでバリガを拘束《こうそく》した。

「お前、裏切り者」

「だって、僕だけやってもらったら王子殿下《でんか》に僕だけ殺されるじゃん。一緒《いっしょ》に死のう」

なんだか物騒《ぶっそう》な話をする二人をよそに、私はバリガの長い髪を優《やさ》しく拭いていった。

ある程度乾いた頃《ころ》には、二人ともぐったりしていたが、気にしないことにした。

私は二人にお茶を淹《い》れてあげてから、ゆっくりと切り出した。

「バリガの友人にラスコ様という方がいるかしら？」

「はい」

私が差し出したお茶を受け取りながら、バリガは頷いた。

「随分《ずいぶん》長いこと会っていませんが、友人です」

バリガはゴソゴソと胸ポケットから手帳を取り出して、その間に挟んであった写真を差し出した。

「この、見た目がキラキラしたやつがラスコです」

そう言って指差した写真の先には、何故羽が生えていないのかと言いたくなるような天使にしか見えない小さなラスコ様と女の子にしか見えないバリガが写っていた。

「バリガって友達の写真持ち歩いてるの？」

不思議そうなルチャルの言葉に、バリガはグッと息を詰まらせてから、そっと二人の後ろに写る通行人を指差した。

「商人の間で流行《はや》っているお守りだ」

よくよく見ると、小さい頃の私が通り過ぎている姿が写っていた。

「どういうことですか？」

バリガは言いづらそうに言った。

「ユリアス様は商人の間では商業界の女神《めがみ》と呼ばれていて、ユリアス様の写真は商売繁《はん》盛《じょう》のお守りと言われています。ですが、ユリアス様の写真は公式に販売《はんばい》されているわけではないので、偶然《ぐうぜん》写り込んだこの写真をお守りにしていた次第《しだい》で」

それは、私の写真を売ったら売れるってことでは？

そう思ったのと同時に殿下に怒られる未来が見えたので口に出すことはやめておいた。

「これが、幼い頃の天使様」

ラジータ様はうっとりと、子どものラスコ様を見つめている。

「このお写真、いただけませんか？」

ラジータ様の言葉に、バリガは写真を手帳に挟んで胸ポケットにしまい直した。

「これは私のお守りですので」

「そんな、ラスコ様の部分だけでもいいので」

それはそれで気持ち悪い気がするのは気のせいだろうか？

「本当に、商人ってユリアス様のこと大好きですよね」

ルチャルは笑いながらクッキーを口に入れた。

「ユリアス様、これ口の中パサパサしゅる」

私はルチャルにも忘れていたお茶を手渡《わた》した。

「商人達にしか出回らない商会雑誌とかにもユリアス様の功績が事細かく書かれていたりするから、身近に共感できる有名人みたいに思っているみたいです」

私はそんな情報より、私の知らない雑誌が出ていることの方が驚きだった。

「ユリアス様の功績をまとめたコラムが人気で、最初は小さなコラムだったのが今では見開き四ページとかある時も」

「待ってください。コラムって誰《だれ》が？」

私の情報を漏《も》らしているスパイが店にいるのでは？　と戦慄《せんりつ》する。

「えっ？　ローランド様ですが？」

お兄様？

身内がコラムを書いているって、それは、身内フィルターのかかった妹自慢《じまん》を商人達がこぞって読んでいるということだろうか？

「恥《は》ずかしすぎる」

私は両手で顔を覆《おお》って項垂《うなだ》れた。

「ご存じなかったのですか？」

「はい」

「私が十歳ぐらいの時から出ているコラムでしたから、ラスコともよくその話で盛り上がったものです」

穴があったら……なくても掘《ほ》って埋《う》まりたい。

「だから、ラスコもユリアス様のファンだと思いますよ」

ラスコ様が最初私に友好的に見えたのはそういった理由があったのだ。

「ラジータ様、もしかしたら、ラジータ様のお気持ちを素直《すなお》にお伝えしたら誤解は解けるのでは？」

私がお茶のお代わりをついで渡《わた》すと、ラジータ様は目に見えて震《ふる》えました。

「自分、ラスコ様を目の前にすると、緊張《きんちょう》でまともに目を合わせることもままならず」

この人、もしやポンコツなのでは？

私は遠くを見つめて心を落ち着けた。

「ラスコは見た目と違《ちが》って下町っ子だから、そんなに緊張しなくて大丈夫ですよ」

バリガはニコッと笑ったが、ラジータ様の顔色は青い。

「ラスコ様が下町っ子？　あんなに神々しい大天使というか、むしろ神な方ですよ？」

バリガは困った顔をしながら、ルチャルに向かってコソコソと呟《つぶや》いた
「この人大丈夫かな？　ルドニーク様に報告した方がいいか？」

「……うん。報告しよう」

コソコソはしているが、ばっちり聞こえてしまっている。

「では、手紙で伝えるのはいかがですか？」

私は打開策として言った。

「前に試《ため》したことがあります」

「それで？」

ラジータ様は消え去りそうな儚《はかな》い笑顔になった。

「想《おも》いが溢れすぎ、便箋《びんせん》四十枚分書いてしまい、嫌がらせだと思われて読まずに突《つ》き返《かえ》されました」

この人、大丈夫だろうか？ 凄く心配だ。

「商人は要件を簡潔に話すことを好むので、ラスコも読む気になれなかったのでしょうね」

バリガは引きつった笑いを浮かべていた。

「あの〜。なんでそのラスコという人の話をしているんですか？」

ルチャルはお茶とクッキーを交互《こうご》に口にしながら聞いてきた。

「そういえば、話してませんでしたね」

私は今まで聞いてきた話を二人に説明した。

「ラスコが王妹の旦那《だんな》に……そうですか〜でも意外です。あいつ権力とか興味なさそうだったんですけど」

バリガは、思い出の中のラスコ様を思い浮かべるように腕《うで》を組んで斜《なな》め上を見つめる。

「私が話を聞いてきましょうか？　久しぶりにあいつにも会いたいし」

その場にいた全員が、それがいいと納得《なっとく》したのは、言うまでもない。


日を改めると、殿下に報告して怒られる恐《おそ》れが高いため、私とバリガは直ぐにラスコ様の執務《しつむ》室に向かった。

ラジータ様も同席したがったが、拗《こじ》れるのが目に見えているから遠慮《えんりょ》してもらった。

ドアをノックして、しばらく待つと扉《とびら》が五センチほど開かれた。

「今度はどういった御用で？」

あからさまに警戒《けいかい》されている。

「あ、えっとお話を」

私が言い終わる前にドアが閉まってしまった。

するとバリガがドンドンとドアを激しく叩《たた》いた。

「ラスコ、おーい、出てこい」

バリガの声に、ラスコ様はまた五センチドアを開けた。

「ラスコ久しぶり」

バリガがその隙間《すきま》に向かって顔を近づける。

ラスコ様はバリガの姿を確認《かくにん》すると、勢いよくドアを開いた。

バリガはそのドアの角に思いっきりぶつかっていた。

痛そうである。

「バリガじゃないか！　相変わらずだな」

ラスコ様は嬉《うれ》しそうにバリガを抱《だ》きしめた。

友情のハグに青春を感じる。

「ラスコだって変わってない。いや、神々しくなったか？」

「そんなわけないだろ。こっち来て座れよ」

楽しそうな二人に、私はお暇《いとま》した方がいいかと思ったが、バリガに促《うなが》されて一緒にソファーに座った。

「なんでノッガー様とお前が一緒に来るんだよ」

「私は今、ユリアス様の護衛だからな」

バリガが自慢するように胸を張ると、ラスコ様はバリガの背中をバシバシ叩いた。

「マジか！　やったな」

友人とだと、本当に下町っ子といった雰囲気のラスコ様に親しみを感じる。

「私も驚いたぞ。ラスコが王妹と結婚《けっこん》したって聞いて」

ラスコ様は少し困ったように笑った。

「僕も驚いてる」

ラスコ様の声が一気にシュンとしてしまった。

「私が話を聞くぞ」

バリガの優しい声に、ラスコ様はしばらく黙《だま》ると話し出した。

「家は木工芸品をメインにした商売をしていただろ？　その常連にカサンドラ様がいたんだ」

ラスコ様は大事な思い出を静かに話してくれるようだった。

「カサンドラ様は来るたびに、僕のいいと思うところを褒《ほ》めてくれた」

「それは、惚《ほ》れてしまうな」

ラスコ様も照れたように頷いた。

「カサンドラ様に婿《むこ》に来いと言われて、僕に迷いはなかった」

ラスコ様の声がみるみる暗くなっていくのが、私にも分かった。

「だが、カサンドラ様に側室ができて自信がなくなった」

ラスコ様の寂《さび》しそうな顔を見てバリガはラスコ様の鼻をギュッと摑んだ。

「にゃにしゅるんだ」

鼻声のラスコ様にバリガはフンッと鼻を鳴らした。

「ラスコらしくない。諦《あきら》める前に努力したのか？」

ラスコ様はムッとしたようにバリガの手を払《はら》い退《の》けると、今度は逆にバリガの鼻を摑んだ。

「努力はしてる！　飽《あ》きられないように美容にも気を遣《つか》ってスキンケアまでバッチリすぎてたまに天使と言われるぐらいだってんだ」

あの美貌《びぼう》が作れるなんて、どんなスキンケアをしているのだろうか？　詳《くわ》しく教えてほしい。

「でも、カサンドラ様にとって僕は二番目らしい」

ラスコ様はバリガの鼻から手を離《はな》すと、私達の向かいのソファーに膝《ひざ》を抱《かか》えて座った。

「カサンドラ様本人に聞いた」

私は首を傾げた。

「カサンドラ様が二番目に愛していると言ったってことですか？」

ラジータ様の話では、ラスコ様の方が愛されているように感じたのだが、勘違《かんちが》いなのだろうか？

「息子《むすこ》のドラドを抜きで何番目に好きか聞いたら、迷わず二番目と言われた」

ラスコ様は膝に顔を乗せて項垂れた。

「私はお前が羨《うらや》ましいぞ」

バリガの言葉に、ラスコ様が顔を上げた。

「だって、二番目とはいえ好きな人と結婚できて息子までいるんだろう？　何が不満なんだ？」

それは一番になりたいということでは？

バリガさんの言葉にラスコ様はキョトンとした。

「嫌《きら》いなわけじゃなく、好きだって言われているなら良くないか？　側室との関係がよくなくて嫌われる方がよっぽど損だと私は思うが？」

ラスコ様は目をパチパチと瞬《しばたた》かせた。

「損はしたくないな」

ラスコ様はつき物が落ちたような顔になっていた。

「僕は、生意気にも思い上がっていたのかもしれない。身分もラジータ様の方が上だし神官としての地位もあるから庶民《しょみん》だと見下されたくなくて変な意地を出してしまっていた」

バリガは腕を組んで頷いていたが、気になることがあったように顔に疑問を浮かべた。

「ラジータ様ってさっきユリアス様と一緒にいた？」

私はニッコリと頷いた。

「あの人、ラスコの信者では？」

そう言えば、ラスコ様の話は一通りしたが、ラジータ様の話はしていなかったと、その時気づいた。

「信者ってなんだよ？」

ラスコ様が訝《いぶか》しげに聞いてきた。

「いや、あの人ラスコのこと好きすぎて嫌われたくなくて必死すぎて空回って嫌われている人って感じだったけど？」

ラスコ様の眉間《みけん》に疑問のシワが寄る。

「四十枚分のファンレターを書いちゃったり」

「あれは、嫌がらせの不幸の手紙の類《たぐい》では？」

ある意味、四十枚分のファンレターは愛が重くて不幸の手紙と言えなくもない念がこもっていそうだと思う。

「不幸の手紙って、一行でも読んだのか？」

「いや、ラジータ様の想いを綴《つづ》ったと言われて、あの分厚さの手紙を渡されたら、嫌がらせだと思うだろう？」

「ちゃんと話してみたらどうなんだ？」

ラスコ様はしばらく黙ると小さく頷いた。

ラスコ様の説得を終えた私達は、善は急げとラスコ様を引きずるようにしてラジータ様の執務室まで連れて行き突き出した。

「ラ、ラスコ様‼」

ラジータ様は凄く驚いていたし、ラスコ様は居心地《いごこち》の悪そうな顔をしている。

「ラジータ様……」

ラスコ様は謝りたいようだが、言葉が出てこない。

逆に、ラジータ様はラスコ様から名前を呼ばれただけで感動している。

カオスという言葉が浮かんだが、気のせいだろう。

「ラスコ、ちゃんと言いたいこと言っといた方がいいぞ」

バリガがすかさずアシストを送ると、ラスコ様ははにかんだように破顔した。

「うぐっ、神」

ラジータ様の方から気持ちの悪い呟きが聞こえた気がした。

「ラジータ様、今まで大人げない態度をとってすまなかった」

ラスコ様は顔を赤くしながら、頑張《がんば》ってラジータ様に謝った。

次にラジータ様に目を向けると、ラジータ様は膝から崩《くず》れ落《お》ちたところだった。

何が起きたのか分からず呆然《ぼうぜん》とする周りをよそに、ラジータ様は口元を右手で覆って叫《さけ》んだ。

「尊い‼」

「ラスコ、あれは変態だ。目を合わせちゃダメだ」

バリガが友人の危険を察知したように背中にラスコ様を庇《かば》った。

「ラスコ様が謝る必要はございません。むしろ、自分が誤解されるような行動をとってしまっていたことが全て悪いのです」

ラスコ様は不思議そうに首を傾げた。

「どうかしましたか？」

私が聞けば、ラスコ様はハッとしたように私を見た。

「いや、ラジータ様はカサンドラ様の愛を独《ひと》り占《じ》めするため、僕の存在を疎《うと》ましく思っていると聞いていたので」

ラスコ様の話に一番腹を立てたのはラジータ様だった。

「誰ですか？　そんな嘘《うそ》を言ったのは‼　ラスコ様は人と馴染《なじ》めない自分に優しく手を差《さ》し伸《の》べてくださる慈悲深《じひぶか》きお人。嫌われることはあっても、自分がラスコ様を嫌うことなどありません」

ラスコ様はかなり困惑《こんわく》している。

「で、誰に言われてラジータ様がラスコ様を嫌いだと思ったのですか？」

私が聞けば、ラスコ様はあっさりと言った。

「宰相《さいしょう》殿だ」

あの人の言うことを信じたのか？

私はラスコ様の心が天使のように清らかなのだと理解した。

「ラスコ様を操《あやつ》ってドラド様を次期国王にして、アドバイスするフリをして実権を握るつもりだったということでしょうね」

私の呟きにラスコ様はショックを受けたようだった。

「僕は権力が欲《ほ》しかったわけじゃない」

悲しそうに俯《うつむ》くラスコ様を見て、ラジータ様の眉間にシワが寄った。

「神をも愚弄《ぐろう》する所業、許せない」

過激派の信者に進化をはたそうとしていることが見てとれる。

「ラスコ様はただ、カサンドラ様が好きなのですね」

ラスコ様は耳まで赤く染まった。

カサンドラ様はラスコ様のこういう可愛《かわい》いところが好きなのかもしれないと思った。

「ぼ、僕がどれだけカサンドラ様を好きでも、カサンドラ様からしたら流行りのバッグやアクセサリーと同じで流行りが終われば替えのきく存在だ」

照《て》れ隠《かく》しなのか本心か分からないが、あまり良《い》い例えではない気がする。

「そんなことありません！」

すかさずラジータ様が否定をしたが、ラスコ様は静かに首を横に振る。

「カサンドラ様と結婚して、色々な人に言われ続けた言葉だ」

私はあんまりな言われように激怒《げきど》しラスコ様に向かって指差して怒鳴《どな》りつけた。

「貴方《あなた》、それでも商人ですか？」

私の行動にラスコ様は状況《じょうきょう》が飲み込めていないのか、ポカンとした。

「商人なら、そんな言葉に流されたりしませんわ」

流石《さすが》のラスコ様もムッとしたように言い返してきた。

「なら、貴女《あなた》がそう言われたらどうするのです？」

私は胸を張って言った。

「お褒めの言葉として受け取ります」

「は？」

その場にいる私以外の全員が、本当に理解できないと言いたそうな顔をした。

「我がノッガー伯爵家《はくしゃくけ》ではバッグやアクセサリーは飽きのこないデザインと丈夫《じょうぶ》さを保証しています。それは、手入れさえしっかりしていれば一生使える品だということ。せっかくバッグやアクセサリーのように思われているのであれば己《おのれ》を磨《みが》き一生飽きのこない素《す》晴《ば》らしい品になってやろうとは思いませんか？　そんなことを言ってくる人間は流行りに流されていいものなど手にできず毎回お金を無駄《むだ》にする買い物下手に決まっています！　そして、そんな言葉を褒め言葉に変える力をラスコ様は身につけるべきです‼」

私が力説した言葉に、ラスコ様は目をパチパチと瞬かせた。

「ノッガー様は、やはりノッガー様です」

ラスコ様は感動したように瞳を輝かせてそう言って私の手をギュッと握りしめてきた。

言ってることの意味が分からなすぎて、私は握られた手を見つめた。

「僕が間違《まちが》っていました。商人として商品に絶対の自信があるからこその褒め言葉。僕はこの有難《ありがた》い言葉に恥じぬよう己を磨きます！」

気持ちを改めてもらったのはよかったが、キラキラの瞳で見つめてくるのはやめてほしいし、手も離してほしい。

「分かっていただけて私も嬉しいです。では、早速《さっそく》行きましょうか？」

「？」

キョトンとするラスコ様に私はニッコリと笑顔を向けた。

「勿論カサンドラ様のところに。ラスコ様が二番なら一番は誰なのか聞き出さなくては！　敵を知らずして、何を磨けましょうか？」

ラスコ様は徐々《じょじょ》に顔色を青く変えていった。

「僕に現実を突きつけるおつもりですか？」

「現実を見てみれば大したことはないかもしれませんよ？」

ラスコ様は椅子から立ち上がると部屋の中をウロウロし始めた。

明らかな動揺《どうよう》を感じる。

「ラスコ様、ご安心ください！　カサンドラ様の中で自分が一番なんてことはあり得ませんから!!」

ラジータ様の励《はげ》ましの言葉を、ひと睨みしてからラスコ様はウロウロを再開する。

「ルチャルさん」

私が護衛に声をかければ、ルチャルは心得たと言わんばかりにラスコ様を担《かつ》いだ。

いつ見ても驚くのだが、ルチャルは小柄《こがら》で可愛い見た目とは裏腹に怪力《かいりき》である。

大の男を担げるようには見えないせいで見ているラジータ様も担がれているラスコ様も何が起きたのか理解できていないようでフリーズしてしまった。

今がチャンスだと思ったのか、ルチャルは軽い足取りでドアの前に立った。

「ユリアス様～何処に運べばいいですか？」

「カサンドラ様は何処にいるかしら？」

私の呟きに、バリガが手をスッと上げた。

「この時間なら、執務室にお出《い》でだと思います。ここから一時間後には演習場だと昨日うかがっています」

「なんでバリガさんがカサンドラ様のスケジュールを？」

あまりにも意外で驚いた。

「カサンドラ様と手合わせしたくて昨日うかがいました」

なんだか照れたように報告され、バリガらしいと納得した。

「では、カサンドラ様の執務室まで、ラジータ様ご案内をお願いいたします」

「あ、はい」

私の迫力に思わず頷いたラジータ様を裏切り者を見るような目でラスコ様が見ていたことは気づかなかったことにした。


カサンドラ様に会いに執務室を訪《おとず》れると、仕事を終えたところなのか、カサンドラ様は優雅なティータイムを楽しんでいるようだった。

案内されるまま執務室に入ったのだが、ルチャルに担がれたラスコ様を見てカサンドラ様から殺気が漂《ただよ》ってくるのが私にも分かった。

「……何故私の大事な夫を担いでいるんだ？」

今にも斬《き》り殺《ころ》されそうなオーラを放つカサンドラ様に、ニコニコ笑顔で少しも動じないルチャル。

大事な夫と呼ばれて感動しているラスコ様は見ないようにした。

「カサンドラ様にうかがいたいことがありまして、当事者でもあるラスコ様はこうして無理やり連れて参りました」

「当事者？」

怪訝《けげん》さを隠そうともしないカサンドラ様に、私は笑顔を向けた。

「返答によっては、ラスコ様のためにも私が代理となることをお許しください」

「さっきから何を言っているのかさっぱりだわ。分かるように説明して」

「カサンドラ様がラスコ様に不安を与《あた》え、心の傷を負わせたことに関してと言えばお分かりいただけるのでは？」

カサンドラ様は驚いた顔をしてラスコ様に視線をうつした。

「ラスコの心に傷？」

「そうです。ことと次第によっては、最終手段をとるより他ありません」

「最終手段？」

ラスコ様を見つめ、切なそうな顔をするカサンドラ様に向かって私は言った。

「勿論、慰謝料請求《いしゃりょうせいきゅう》いたします！」

執務室に沈黙《ちんもく》が流れた。

開け放たれた窓からそよそよと風が入ってきて、心地《ここち》よく感じる。

「はあ？　ノッガー様、僕はそんなことを望んでいません」

いち早く我に帰ったのはラスコ様だった。

私は笑顔のまま続けた。

「私に任せてください。私は元婚約《こんやく》者様から多額の慰謝料をむしり取った経験と実績がございますので」

「そういう不安は一切《いっさい》ありません。そうじゃなく」

私はラスコ様を無視して、カサンドラ様に向き直った。

「カサンドラ様はラスコ様に……大事な夫であるラスコ様に二番目に好きだとおっしゃったそうですが、間違いありませんか？」

私の言葉にカサンドラ様は一歩後ろに引くぐらい驚いた。

「何故それを」

話を聞いたからだ！　と言いたい気持ちもあるが、長くなるから笑顔で誤魔化《ごまか》した。

「ラスコ様はその言葉に酷《ひど》く傷つき、ラスコ様を神がごとく崇拝《すうはい》するラジータ様が一番なのだと勘違いをしてラジータ様との関係を拗らせた。そうさせた自覚はございますか？」

カサンドラ様はラスコ様に慌てて視線を向けた。

まだルチャルに担がれたままで、情けない姿になっているのは、こちらが悪いと認めようと思う。

「ラスコ様はカサンドラ様の何気ない、悪気のない一言に酷く傷ついています！　さあ、慰謝料を払ってくださいますね‼」

カサンドラ様はショックを受けたように力なく項垂れた。

「……払う。いい値を言ってちょうだい」

弱々しいカサンドラ様の言葉に私が勝ちを確信した瞬間《しゅんかん》、ラスコ様が呟いた。

「慰謝料などいりません」

ラスコ様の呟きに、カサンドラ様は困ったような顔をした。

「いや、それでは私の気がすまない」

「僕が欲しいのは慰謝料ではなく、カサンドラ様の一番が誰なのかが知りたいだけなのです」

ラスコ様は顔を真っ赤にして、そう叫んだ。

ラスコ様のカサンドラ様に対する愛情が溢れたのだと分かる。

ラスコ様の叫びに、カサンドラ様は視線をそらした。

明らかに後ろめたい何かがあるように見える。

「そんなに気にすることはないんじゃないかしら？　夫として一番大好きなのはラスコなんだし」

カサンドラ様の苦しい物言いに、ラスコ様の瞳から涙《なみだ》が溢れた。

「カサンドラ様が虐《いじ》めて泣かした〜」

ラスコ様が泣き出してしまったことに気づいたルチャルが、ようやくラスコ様を下ろして小さい子にするように頭を撫でてあげながら言った。

動揺を隠せないカサンドラ様がオロオロしているが、ルチャルがラスコ様に近づけないようにガードし始めた。

「う〜、言うからラスコを返しなさい」

カサンドラ様が痺《しび》れを切らすと、ルチャルはラスコ様をガードしたまま言った。

「じゃあ、先に言ってください」

「ラスコにだけ言えばいいでしょ」

「上手《うま》いこと言って有耶無耶《うやむや》にする気だ〜」

ルチャルの言葉にラスコ様がショックを受けないわけがなかった。

「もう、いいです。僕は実家に帰らせていただきます」

その場を走り去ろうとするラスコ様を戦女神《いくさめがみ》と言われるカサンドラ様が逃《のが》すわけがなく、素早い動きでラスコ様の腕を掴み抱き寄せた。

「実家になんて帰らせない」

　カサンドラ様の切ない叫びが響いた。

「夫として大好きなのはラスコ、貴方だけよ」

「嘘はもう結構です」

　カサンドラ様の腕の中でもがくラスコ様に、カサンドラ様は叫んだ。

「兄様よ！」

　顔を真っ赤にし泣きそうになりながらもカサンドラ様は説明を始めた。

「私にとって、一番大事なのは国を導き国民を守る兄様よ。騎士《きし》にとって一番は君主でしょう？」

「なら、何故黙っていたのですか？　国王なのであればこんなに拗れる話ではないはずです」

　信じられないのか、ラスコ様が食い下がると、カサンドラ様はラスコ様の肩に顔を埋めた。

「兄様が一番なんて、ブラコンみたいじゃないか」

　耳まで真っ赤なカサンドラ様は羞恥《しゅうち》に耐《た》えられないというようにラスコ様の肩に額を擦《こす》りつけている。

　ああ、カサンドラ様ってこんなに可愛い女性だったのか。

「カサンドラ様がブラコンなんて、誰でも知っているじゃないですか」

静まり返った部屋に、ラジータ様の呟きだけがやけに大きく響いた。

ラスコ様も何故か頷いている。

どうやらカサンドラ様のブラコンは有名な話のようだ。

ラジータ様とラスコ様を見てカサンドラ様がさらに赤面したのが、本当に愛らしく感じるとともに、無性《むしょう》に殿下の顔が見たくなった。

昨日、勝手に通信機を切ったのにも気づいているだろうし、呆《あき》れた顔か目に見えて怒った顔をされそうだが、そんな殿下に早く会いたいと思ってしまうのが不思議だ。

「でも、これでラスコ様が私を気にする必要もなくなり、一件落着ですね」

嬉しそうにラジータ様が締めの言葉を口にしているのを見て、私は首を傾げた。

「何をおっしゃっているのですか？」

私の不思議顔が不思議だと言いたそうな三人の視線に、私は眉間にシワを寄せた。

「根本的な問題が解決していないのに、何を終わらせられますか？　この問題は王位継《けい》承《しょう》権を含《ふく》んだとてもデリケートな話のはずです」

私が真剣《しんけん》に言えば、三人は今気づいたと言わんばかりに目を見開いた。

「まだまだお子様であるドラド様まで巻き込んでいる話だと理解されていますか？」

三人は目に見えてシュンとしてしまった。

これでは私が虐めているみたいじゃないか。

「先ほどのお話をまとめさせていただくと、カサンドラ様はブラコンで王位継承を目論《もくろ》むなどあり得ず、ラスコ様はカサンドラ様に好かれていると実感できればよく、ラジータ様はラスコ様を崇拝できれば満足ということでよろしいですか？」

私の確認に、三人が項垂れてしまったのは私のせいだろうか？

「一番心配なのは、ドラド様が国王になりたいと思っているのかどうかですわね」

ラスコ様が宰相に嘘を吹《ふ》き込まれていたのと同じように、ドラド様にも碌《ろく》でもないことを吹き込んでいるかもしれない。

そっちの方が不安だ。

次はドラド様に会いに行かなくては。彼が捻《ひね》くれてしまう前に。

ドラド様は、どうやらランファ様の部屋に行っているのだと従者が教えてくれた。

両親であるカサンドラ様とラスコ様も一緒についてきている。

ノックすれば、返事はなかったが、気にせずドアを開けた。

部屋の中にはランファ様を間に挟み睨み合うドラド様とエウルカ国王様がいた。

どういった状況かとランファ様に目配せで説明を求めてみる。

「ドラド様と遊んでいたら、王様が訪ねてきてくださって、何故か睨み合いが始まってしまって」

ランファ様は困り顔でそう話してくれた。

「ランファ様は今僕と遊んでいるんです！　お忙《いそが》しい王様はお仕事にお戻りください!!」

「いやいや、仕事の癒《いや》しにランファに会いに来たのだ！　ドラドこそ同年代のお子様と遊んでこい!!」

大人げないとか言ったら怒られそうな勢いのエウルカ国王様に見せつけるようにドラド様はランファ様に抱きついた。

「王様が怖《こわ》いよ～」

なんて天才的な演技力だろうか？

「王様、小さい子を虐めてはいけませんわ」

ランファ様がそう諌《いさ》めると、エウルカ国王様は怯《ひる》んだように一歩後ろに下がった。

「ドラド様、王様は国民のために日夜政務をこなす素晴らしい方ですのよ。私との時間を癒しだと言ってくださるなら私は凄く嬉しいのです」

ランファ様の嬉しそうな笑顔に、ドラド様は悔《くや》しそうにエウルカ国王様に頭を下げた。

「……ごめんなさい」

「余こそすまなかった」

子どもの喧嘩《けんか》を収めるようなランファ様の神業《かみわざ》に、育児本など書いてもらえないだろうかと思ってしまった。

「分かってくだされればよいのですわ」

ランファ様の穏《おだ》やかな声に、エウルカ国王様もドラド様もうっとりしていた。

なんとも平和な光景である。

「あら、ユリアスじゃない、どうかした？」

ランファ様がようやく私達に気づいてくれた。

「ドラド様にお話があり参りました」

「僕にですか？」

不思議そうなドラド様に私は躊躇《ためら》うことなく聞いた。

「ドラド様は将来の夢はありますか？」

ドラド様は大きく目を見開き、ゆっくりとランファ様を見るとモジモジしながら私に耳打ちしてくれた。

「僕、ランファ様のお婿さんになります」

それは無理じゃないだろうか？　とかいうのは子どもの夢を壊《こわ》してしまうだろうから、口に出すのはグッと堪《こら》えた。

「では、王様になりたいとは思っていないのですね？」

ドラド様はチラッとエウルカ国王様を見た。

「お母様やランファ様みたいに、僕の好きな人はみんな王様が好きなので、王様は憧れではなく恋のライバルです」

コソコソと教えてくれた思いに、ホッコリした気持ちになった。

「それでは、負けられないですわね」

ニコニコと頷くドラド様の頭を撫でてしまった。

不敬だったかもしれないが、ふわふわの髪の感触《かんしょく》に思わず口元が緩《ゆる》む。

はっきり言って、話さえすれば何も問題のない話ではないか？

下手な思い込みと、宰相の入《い》れ知恵《ぢえ》さえなければこんなに拗れなかったに違いない。

これは、宰相をどうにかしなくてはならないだろう。

私がそう結論づけた時、ドラド様が私の服の裾《すそ》を引っ張った。

「どうかなさいましたか？」

ドラド様に目線を合わせた。

「宰相に、ランファ様と結婚したいなら僕が王様になればいいって言われたことがあるけど、それが嘘だって僕知ってるよ」

「何故知っているのですか？」

ドラド様は眉《まゆ》を若干《じゃっかん》下げて言った。

「ランフア様に僕が王様になったら結婚してくれる？　って聞いたら、王様が王様じゃなくなってもランフア様は王様の奥さんがいいって言われちゃったから」

ランフア様がエウルカ国王様を心底愛しているのだと、ドラド様は知っているのだ。

やはりドラド様は天才だと思う。

「ドラド様は女性を見る目も確かですし、眉目秀麗《びもくしゅうれい》でいらっしゃいます。これから出会う女性はドラド様を放っておけやしません。それに、ランフア様のお子様が生まれたら、ドラド様は素敵なお兄様にもなれるんですのよ」

私が笑顔を向けると、ドラド様の瞳がキラキラと輝いた。

「お兄様？」

「カサンドラ様はお兄様であるエウルカ国王様が大好きで、ランフア様もジュファ様という素晴らしいお兄様がいらっしゃいます。私にも誰に自慢してもしきれないほど大好きなお兄様がいますの」

私はドラド様の頭を優しく撫でた。

「自慢できるお兄様には努力しなくてはなれません。私のお兄様はパラシオ国の次期宰相になるべく努力をしているのです」

「次期宰相」

「宰相とは、時に国王よりも頭が良くなくてはいけないのです。国王が間違ったことをしたら正さなければなりません」

「それって、国王よりカッコいいってこと？」

私はドラド様をギュッと抱きしめた。

明らかに戸惑《とまど》った様子のドラド様がものすごく可愛い。

「国王に意見できる宰相なんてカッコいいに決まっています」

「でも、エウルカ王国の宰相はカッコ悪いよ」

私は高らかに笑った。

ええ、周りにいた大人どころか、ドラド様が怯《おび》えるほどの高笑いだ。

「カッコ悪い宰相がどうなるか、私がドラド様にきちんと教えて差し上げますわ！」

その場にいた大人達はドラド様が悪い魔女《まじょ》と契約《けいやく》を結んだ瞬間を目撃《もくげき》した気分だったと後々聞くことになるのだが、その時の私にはそんな意識は微塵《みじん》もなかったのである。

# 口は身を滅ぼす？

翌日、パラシオ国の使者の送別パーティーを開いてもらえることになった。

あれ以来怒《おこ》られるのが嫌《いや》で、殿下《でんか》との通信をしていないため、帰る許可が出ても手放しで喜べない状況《じょうきょう》だ。

エウルカ王国の特産や交易できそうな物は、ラスコ様と話をしてみればあれよあれよと交渉が進んだ。

特に、ラスコ様のご実家の木工芸品が素晴《すば》らしく、直《す》ぐに輸入することが決まった。

利益を確信した時に、お互いに変な笑い声を上げてしまい、カサンドラ様に怯《おび》えられてしまった。

『息子《むすこ》だけでなく、我が夫まで魔女《まじょ》と契約《けいやく》を〜』

と、意味の分からないことを言われたが、比較的《ひかくてき》よく言われる類《たぐい》の言葉だったので、聞き流すことにした。

一つ問題があるとすれば、私の護衛二人を伴《ともな》って会場入りをしようとしたら、いつの間にかやってきたドラゴンのお二人が護衛をすると言い出したことだ。

護衛二人は涙《なみだ》を流して食い下がったが、ドラゴンに勝てるほどの巧《たく》みな話術など持ち合わせていなかったのは言うまでもない。

観光に飽《あ》きたドラゴンのお二人が、面白《おもしろ》がって暴れたら私のせいだろうか？

「ユリアス、そちらのお二人は？」

今まで見たことのない人を二人も連れていたら、そりゃ気になるだろう。

ランファ様の疑問はもっともだ。

「え～と」

どう説明したらいいか、考えているうちにリーレン様が口を開いた。

「私達は王家より派遣《はけん》されたユリちゃんの護衛なの。よろしくね」

リーレン様の後ろでハイス様が無言で頷《うなず》いている。

ランファ様にはあまり気にしてほしくなくて、私は二人を背に隠《かく》すようにランファ様に近づいた。

「……まあいいわ。そんなことより、貴女《あなた》のドレスとても素敵《すてき》ね」

「獣人族《じゅうじん》との交易でスケ感のある柔《やわ》らかな生地《きじ》を手に入れまして、厚い生地や、レースの上に重ねると品のいいドレスになるのです。国に帰ったらランファ様用にも作らせていただきますわ」

「ユリアスがタダで私にプレゼント？　何を企《たくら》んでいるのかしら？」

疑《うたぐ》り深《ぶか》いランファ様に、私は不満顔を向けた。

「ランファ様は私の友人ですので、企んでいるなんて思われるのは心外ですわ！　ファッションリーダーのランファ様が着てくださったら海外受注が増えるとか一切《いっさい》思ってませんから」

「本音が、口から溢《あふ》れ出《で》てるわよ」

しまった、抑《おさ》えきれない欲望が隠せなかった。

「私、ユリアスのそういう商魂《しょうこん》たくましいところ憧《あこが》れるわ」

明らかに憧れていなそうな言い方で言われ、少し落ち込みたくなった。

商魂は、私の長所であり貴族社会では短所だと分かっている。

だが、私が殿下と結婚《けっこん》したら、その考え自体を覆《くつがえ》してしまえばいい。

長所は伸《の》ばさなくては！　誰《だれ》にも文句を言わせないぐらいに長く伸ばしてしまおう。

私が密《ひそ》かに企んでいると、ランファ様に嫌そうな顔をされたが、気づかないフリをした。


エウルカ王国の有力貴族ともある程度挨拶《あいさつ》を交《か》わし、幅広い人脈を手に入れていたそんな時、目の前に宰相《さいしょう》がやってきた。

少し酔《よ》っているのか、顔が赤らんで見える。

「いやー、使者様ももうお帰りとは寂《さび》しい限りですなー」

本気で思っているのか分からない会話に私は愛想笑《あいそわら》いを返した。

「無駄に滞在していたようで何をしに来たのかいささか疑問ですが、お帰りになると聞いて安心いたしました」

大声で意味深に聞こえることを言わないでほしい。

せっかくできた人脈に傷がつきそうで怖《こわ》い。

「私がエウルカ王国に来たのはランファ様へのお祝いだと最初から言っていたことだと思いますが、お忘れですか？」

「ああ、そうでしたな！　祝いに女性の使者など送ってきたせいで国王様を誘惑《ゆうわく》しに来たのかと思ってしまっただけの話ですよ」

周りにいた有力貴族達の顔に嫌悪《けんお》感が浮《う》かぶ。

「宰相、少しお酒を召《め》し上《あ》がりすぎではありませんか？」

一人の有力貴族が止めに入ったが、宰相に煩《わずら》わしそうな顔をされただけだった。

「煩《うるさ》い。女を使者に寄越《よこ》すなんて、そういうことだろ！　そんなスケた生地の服を着て、ふしだらな」

厚みのある生地のドレスの上にアクセントとしてスケ感のある素材を使っているだけなのだが、この格好がふしだらなわけではなく、ふしだらに見えてしまう宰相の頭の方がふしだらだと思う。

「宰相殿、パラシオ国の使者様に失礼がすぎます」

騒《さわ》ぎに気づいて、私と宰相の間にラスコ様が割って入ってくれたのだが、宰相はラスコ様を見るとフンッと鼻を鳴らした。

「庶民《しょみん》の分際で他国の使者と宰相の話に割って入るとは、これだから庶民は礼儀《れいぎ》がなっていない」

ラスコ様がグッと息を呑《の》み、俯《うつむ》いてしまった。

王妹の旦那《だんな》様に庶民庶民と言うのはおかしい。

「宰相、ラスコ様は王妹であるカサンドラ様の旦那様です。庶民ではなく、王族ではありませんか？」

私の言葉に宰相が高らかに笑った。

「庶民が王族だなどと笑わせないでください！　庶民の側室が結婚したからといって王族になれるわけがない」

「カサンドラ様はラスコ様が本夫であり、ラジータ様が側室だと言っていましたが？」

私の言葉に宰相は鼻で笑った。

何かにつけて感じが悪い人だ。

「綺麗《きれい》ごとでは王族などやっていられませんよ」

宰相のドヤ顔に私はクスクスと笑ってみせた。

「まあ、まるで宰相まで王族になったかのような言い方ですわね」

「な、何をおっしゃるやら」

口元をひくつかせながら、宰相は動揺《どうよう》した。

本当に、いくつもの宰相としての気質が、欠落した人である。

「変な言いがかりをつけるのはやめていただきたいものですな。だから女は」

女性を見下すような発言に、ラスコ様が眉間にシワを寄せ、周りの有力貴族の女性達の顔にも嫌悪感が浮かぶ。

周りを見ていて気づいてしまったが、私の護衛二人の目から殺意が溢れ出ている。

ひとまず、気づかなかったことにしよう。

「私はパラシオ国の使者として来ているのですが、失礼がすぎるのでは?」

宰相は楽しそうに声を出して笑った。

「使者様こそ、庶民をカサンドラ様の本夫などと失礼なことを申されたではありませんか？　こちらの方が謝っていただきたいぐらいだ」

私は盛大《せいだい》なため息をつこうとした。

つこうとしたのだが、後ろから獣《けもの》の威嚇《いかく》するような唸《うな》り声が聞こえてきて、私のため息は引っ込んだ。

上の方からする唸り声ということは、ハイス様なのだろう。

「ユリちゃん、この国氷漬《づ》けにするのと、火の海にするのどっちがいい？」

リーレン様の今まで聞いたことのない低い声に泣きそうになった。

泣かなかった私を誰か褒《ほ》めてほしい。

ものすごく、今殿下に会いたいと思ってしまった私は、一瞬《いっしゅん》のうちに現実逃避《とうひ》をしていたんだと思う。

とりあえず、ドラゴン二人に私は視線をうつし、まあまあと落ち着くように宥《なだ》めた。

「そんな野蛮《やばん》な護衛しかつけてもらえぬとは、使者様は本当にパラシオ王子の婚約《こんやく》者なのですかな？　実際そうであっても、パラシオ王子は貴女のことなど忘れて今頃《いまごろ》別の女とイチャイチャしているのでは？」

私がドラゴン二人に気を取られている間に宰相の放った言葉に、ハイス様の口から今にも炎《ほのお》が溢れそうになったのが見えた。

これはまずい。

エウルカ王国が火の海になってしまう。

助けを求めようとリーレン様を見ればすでに床《ゆか》が凍《こお》るほどの冷気を漂《ただよ》わせていた。

ああ、助けて殿下。

そう思ったその瞬間《しゅんかん》、宮殿《きゅうでん》の中庭で何かあったのか、そちらの方がガヤガヤと騒がしくなった。

今はドラゴン二人のご機嫌《きげん》が斜《なな》めすぎて、それどころではない状況だが、そちらも気になる。

「な、何かあったようですわね」

苦しまぎれに言った私の言葉に宰相はまたフンッと鼻を鳴らした。

この宰相、何かあった時にまず真っ先に動くのが当たり前ではないのか？

舌打ちしたいのをグッと堪《こら》えた瞬間、私の目の前に天使が舞《ま》い降《お》りた。

息を呑むほど美しい羽の生えた黒髪《くろかみ》の美女。

「バネッテ様？」

「お嬢《じょう》さん、なんでパパとママがガチギレしてるんだい？」

私の前に現れたのは、天使ではなくグリーンドラゴンで二人の娘《むすめ》のバネッテ様だった。

救いの女神《めがみ》の登場に私が歓喜《かんき》したのも束《つか》の間《ま》、リーレン様が宰相を指差した。

「あの下等生物が、ユリちゃんに暴言を吐《は》き、私のルーちゃんが今頃他の女とイチャイチャしてるって侮辱《ぶじょく》してきたのよ〜これって国ごと凍らせるしかないと思わな〜い？」

娘の前だというのに、殺気を抑えることのない二人を、きっとバネッテ様は叱《しか》りつけてくれる。

私がそう思っているのを知ってから知らずか、ドラゴン二人は瞳《ひとみ》を金色に染めて、今にも実体化しそうである。

それなのに、バネッテ様は一向に二人を叱る気配がなく、私は首を傾《かし》げた。

「お嬢さん」

「はい、バネッテ様」

「この国のあらゆる植物を枯《か》らして、人の住めない土地にしていいかい？」

見ればバネッテ様の瞳も金色に。

私なんかがドラゴン三人をどうにかできるわけないと思うのは気のせいだろうか？

しかも、何故《なぜ》国レベルで滅《ほろ》ぼそうとするのか？

ドラゴンだからなのか？

思わず頭を抱《かか》えて俯いた。

「何がどうなってる？」

次に聞こえた声に、私は顔を上げた。

私の横には少し息を切らせた殿下が立っていた。

都合のいい幻覚《げんかく》まで見え始めてしまったかと、状況が理解できない。

「三人が暴れたら、この国は一日で地図から消えてしまうぞ」

ああ、なんて殿下の言いそうな言葉だろうか？　この状況、殿下に知られたら大変なことに……。

「おい、ユリアス？　聞いてるのか？」

目の前で手を振《ふ》られて、思わず舌打ちをしてしまったのは決して不満があったからではない。

思わず出てしまったのだ。

「舌打ちではなく、状況を説明してくれ」

本物の殿下だ。

あまりの安心感に泣きそうになる私を見て、殿下は目を見開き慌《あわ》て始めた。

「ユリアス？　どうした？」

「何故、殿下が？」

「通信機で連絡《れんらく》取れなくなったからだろうが。心配で最短で会えるようにバネッテ様に乗せていただいたんだ」

殿下の行動力に、感極《かんきわ》まって胸が締《し》めつけられるようだ。

「ルーちゃん！　その男が、ルーちゃんがユリちゃんがいない間に他の女と浮気《うわき》してるってユリちゃんに言ったの！」

リーレン様がドヤ顔で、殿下にチクる。

「ユリちゃんのこと傷つけたのよ！」

いや、泣きたくなったのは、ドラゴン三人をどうやって止めればいいか考えなくてはいけない方であって、殿下が浮気するかもとかは一切疑っていないし、心配もしていない。

「リーレン様、少し落ち着いてください」

「ルーちゃんはこんな侮辱されて許せるの？　国ごと凍らせるか、火の海にするか、生き物の住めない土地にするしかないでしょう」

殿下は片方の手を額に当てるとフーッと息を吐いた。

「ユリアス、君はどうしたい？」

ちゃんと私の意見を取り入れようとしてくれる殿下に、私はニッコリと笑顔《えがお》を向けた。

「ランファ様達の夫婦仲を脅かす発言、ラスコ様へのイジメ、ドラド様への偽りの情報発信。さらに私の大切な殿下のことを侮辱する言動!!　勿論《もちろん》、慰謝料請求《いしゃりょうせいきゅう》いたします！」

わたしがそう言い切ると、宰相が私に向かって指を差して怒鳴《どな》った。

「先ほどから聞いていれば好き放題言って、ただの使者の貴様に何ができる！」

横にいる殿下が呆《あき》れたような視線を宰相に向けたのと、後ろから近づいてくる大勢の足音に気づいたのはほぼ同時だった。

「一体何の騒ぎ……これはパラシオ王子！」

かけつけたエウルカ国王が殿下に気づいた。

「ルドニーク様、ご無沙汰《ぶさた》申し上げております」

ランファ様の少し高くなった声に、殿下が振り返る。

「ランファ姫《ひめ》、いや、ランファ妃《ひ》と呼ぶのが相応《ふさわ》しいか？」

「相変わらず素敵ですわ、ルドニーク様」

ランファ様と殿下のやりとりに、後ろでかなりショックを受けた顔をしているエウルカ国王様に気づいてほしい。

「ランファ妃も、変わらず美しいぞ」

「そんなことをサラリと言って、ユリアスに愛想《あいそ》を尽《つ》かされても知りませんわよ」

殿下はキョトンとした顔の後にクスクスと笑った。

「ユリアスがそんなことで嫉妬《しっと》してくれるとは思えないのだが？」

なんだか馬鹿にされた気がするのは気のせいだろうか？

ランファ様が少しムッとしたように、私を見た。

「ユリアス、ルドニーク様が私を美しいと言っているけど、どう思うの？」

「ランファ様が美しいのは当たり前の事実です！　と思っています」

力いっぱい想《おも》いの丈《たけ》を口にしたのに、ランファ様から返ってきたのは深いため息だった。

「ユリアス、貴女この後お説教だわ」

何故かランファ様に怒られることが決まった。

「私、何か間違《まちが》えてしまいましたか？」

首を傾げて殿下に聞いたのが、殿下は残念な子を見るような目で私を見るだけだった。

「ランファ、そろそろ余とパラシオ王子の正式な挨拶をさせてもらえぬか？」

痺《しび》れを切らしたように、エウルカ国王様が殿下の前にやってきた。

「ルドニーク・レイノ・パラシオと申します。エウルカ国王陛下」

殿下の挨拶に、エウルカ国王様は殿下の手を両手でギュッと握《にぎ》った。

「よく来てくれた。歓迎《かんげい》するぞ」

仲良さそうに頷き合う殿下とエウルカ国王様。

いつの間に友情を深めたのだろうか？

「エウルカ国王陛下、どうやらそこの男に我が婚約者が侮辱されたようなのですが」

殿下はエウルカ国王様の握っていた手を逆に握り返して、威圧《いあつ》感のある笑顔を向けた。

「宰相にか？」

殿下の迫力《はくりょく》に押され気味になりながらエウルカ国王様が宰相を見た。

「言いがかりはやめていただきたいですな」

宰相は立場が悪くなると思ったのか、シラを切ることにしたようだった。

そんな宰相の態度にリーレン様の怒《いか》りの笑みが深くなる。

「たかだか護衛が少し腹を立てたからといって、一国の王子殿《どの》が他国の宰相に何かできるとでも？」

宰相の馬鹿にしたような態度に、殿下はリーレン様の前にやってくると、片膝《かたひざ》をついてわざとらしく言った。

「リーレン様、申し訳ございません」

「あらあらまああ、ルーちゃんが謝ることじゃないのよ」

リーレン様は頭を下げる殿下の髪を優《やさ》しく撫《な》でる。

そして、凍りつきそうなほど美しい笑顔がスンッと無表情になったのと、宰相の足元が徐々《じょじょ》に凍り出し、下半身が氷に覆《おお》われたのはほぼ同時だった。

「な、なんだこれは！」

慌てる宰相を横目に、殿下はわざとらしく困ったような顔をしてみせた。

「相手は人間ですから手加減していただかないと」

殿下はやれやれと言いたそうに軽く首を横に振った。

「おい！　そんなことより早く助けろ」

頑張《がんば》って氷から抜《ぬ》け出《だ》そうともがく宰相に、エウルカ国王様が何かを察したのか冷たい視線を向けながら、殿下に向かって言った。

「うちの宰相が本当に申し訳ない」

「他国の王子がお節介《せっかい》かと思いますが、早急《さっきゅう》に宰相を取《と》り替《か》えた方がいいと思います」

殿下の言葉にエウルカ国王様も苦い顔をする。

私はニッコリと笑って右手をスッと上げた。

「他国の王子の婚約者がお節介かと思いますが、後々を考えてドラド様に宰相の教育をしてはいかがでしょうか？」

明らかに周りにいた人達が驚《おどろ》いたのが分かった。

「何故ドラドを？」

先に我に返ったエウルカ国王様が不思議そうに聞いてきた。

「何か問題があるでしょうか？」

「問題というか……何故ドラドなのだ？」

「天才だからですわ」

私は自信満々に胸を張った。

「私の見解でいけば、今の宰相を今この場でクビにし、その後任にラスコ様を置き、良きところでドラド様に世代交代するのが望ましいと思います」

「何を勝手なことを言ってるんだ！」

宰相が私を指差して怒鳴るが、氷から抜け出せる気配すらなくて怖くない。

「先日、ラスコ様が書類仕事をしてらしたのを少し拝見させていただきましたが、もしやラスコ様は宰相の書類仕事を肩代《かたが》わり、または、宰相レベルの書類をこなしているようにお見受けしました」

「貴様に宰相の仕事の何が分かる！」

動揺を隠せない宰相の叫《さけ》びに、私は高笑いをしてみせた。

「私、こう見えて王太子妃の教育も受けていますし会社の社長業もこなしてます。その上、兄が次期宰相ですの。少し拝見すれば書類の重要性を判断することなど造作もありません」

気を取り直して、私はエウルカ国王様に言った。

「ラスコ様にはそれができる実力がありますし、ドラド様にもきちんとした教育を施《ほどこ》せば、完璧《かんぺき》な宰相になると同時にエウルカ国王様のお子様のいいお兄様になれるはずです」

エウルカ国王様が腕《うで》を組んで悩《なや》み始めると、宰相がかなり焦《あせ》ったように言った。

「庶民に宰相の仕事ができるわけがないではありませんか！　貴様も庶民に金でも握らされたのだろう‼　これだから女は」

一回怒ってもいいだろうか？

そう思った瞬間、宰相の腰《こし》まであった氷が首元まで上がってきて、それを取り囲むように木の枝が巻きついた。

この現象により、リーレン様だけでなくバネッテ様の逆鱗《げきりん》にも触《ふ》れてしまったのだと分かる。

「リーレン様、それ以上はその男が死んでしまいますよ」

冷静な殿下の声がやけに大きく聞こえたのは、きっと周りが静まり返っていたからだろう。

「パラシオ王子、その者は余の祖母の弟の子なのだ。殺すのは勘弁《かんべん》してもらえないだろうか？」

エウルカ国王様の申し訳なさそうな言葉に、殿下はあっけらかんとした声で言った。

「申し訳ない話なのですが、我が国には王族よりも地位の高い存在がいまして、それが今目の前にいるリーレン様とハイス様とお二人の娘であるバネッテ様なので、たかが王子の自分が御三方《おさんかた》に意見することはできないのが現実というもの」

「王族より地位が高い？　そんな者がいるわけがなかろう！　早く助けろ」

宰相の顔色がいよいよ青くなってきたのは、体の熱を氷に奪《うば》われているからだろう。

「お嬢さん、この害虫火山の火口にポイしてきていいかい？」

いち早く宰相に嫌気《いやけ》がさしたのはバネッテ様だった。

美しい天使のような羽をバサッと出したかと思うと、宰相入りの氷を片方の手で摑《つか》んで持ち上げた。

それを見ていたエウルカ王国の有力貴族の皆様《みなさま》が一斉《いっせい》に部屋の隅《すみ》に逃《に》げ出した。

「バネッテ様にそんなの運ばせるわけにはいきません。とりあえずその場にポイしてください」

私が止めると、バネッテ様は不満そうに口を尖《とが》らせた。

可愛《かわい》い顔だが、そういった顔は恋人《こいびと》のマイガーさんに見せてあげてほしい。

バネッテ様は私から視線をそらすと、本当に宰相入りの氷をポイッと投げた。

床に斜めに刺《さ》さった氷の中で宰相が泡《あわ》を吹《ふ》いて失神していたのは、煩くなくてよかった。

「パラシオ王子、この方々は？」

エウルカ国王様が動揺しながら聞いてきた。

それに答えたのは殿下ではなく、ランファ様だった。

「パラシオ国を守護しているドラゴン様達ですわね。私もお会いしたのは今回が初めてですが、決して失礼のないようにしなければ。ドラゴンは国を破壊《はかい》する生き物だと私の母国では有名でしたから」

ランファ様の言葉に、エウルカ国王様の顔が青くなった。

「ドラゴン？」

「エウルカ国王様、宰相をクビにする理由ができたではありませんか？　国を滅ぼす恐《おそ》れのある災害級のドラゴンを三匹《びき》も怒らせたのですから。エウルカ国王様は賢明《けんめい》なご判断をなさいますよね」

私がニコニコと言えば、エウルカ国王様は頷くしかなかったようだった。

ドラゴン三匹《びき》がブチキレ事件の翌日、エウルカ国王様は正式に宰相《さいしょう》をクビにした。

ただし、クビということにしてしまうと国としての体裁《ていさい》が悪いので、理由は優秀《ゆうしゅう》な後《こう》継《けい》者ができ、世代交代したことにさせてほしいとエウルカ国王様に言われたが、自国の有力貴族が集まるパーティーでの事件がきっかけなのは、明白なのだから意味があるかはよく分からない。

宰相に請求した慰謝料は一番の被害者であるラスコ様に支払われるようにお願いした。

ラスコ様は、そのお金を国のために使いたいと言っていたので、きっといいことに使ってくれることだろう。

次期宰相も私の意見を聞き入れてくれたのか、実力でなのか分からないがラスコ様に決まった。

忙《いそが》しくはなったが、ラスコ様を馬鹿にする人は事実上いなくなった。

ラスコ様が宰相に決まった時、涙《なみだ》を流して一番喜んだのはラジータ様だった。

それはもう、カサンドラ様がドン引きするぐらい泣いていた。

とにかく、エウルカ王国での私の用事はこれで終わりを告げた。

これ以上この国にいては、要《い》らぬ問題を解決しなくてはならなくなりそうだから、さっさと国に帰ろうと決めた。

その話もあって、殿下《でんか》に用意された部屋に向かった。

「殿下は先にお帰りですか？」

私が聞けば、殿下は凄《すご》く嫌《いや》そうな顔をした。

「早く帰らなければならないが、君とは長く会えていなかったんだから少しぐらい一緒《いっしょ》にいてもバチは当たらないと思うのだが？」

私だって、殿下の顔を見たら離《はな》れがたい気持ちになっている。

「では、一緒に船旅をしてお帰りになりますか？」

殿下はしばらく遠くを見つめて言った。

「忘れていたかったことを言ってもいいか？」

「はい」

首を傾《かし》げながら返事をすれば、殿下は言いづらそうに口を開いた。

「君の兄ローランドに全ての仕事を押しつけてきた」

私は祖国の方角を見つめた。

「それは、尋常《じんじょう》じゃなく怒《おこ》られますわね」

殿下は顔色悪く頷《うなず》いた。

「それを考えると、一分一秒でも早く帰らなければならないだろう」

「そうですわね〜」

理由が理由だけに、引き止めるわけにはいかない。

「エウルカ国王陛下に挨拶《あいさつ》したら先に帰る……仕方ない」

力なく項垂《うなだ》れる殿下がなんだか可愛《かわい》く見えてくるのが不思議だ。

私は殿下の腕《うで》にしがみついた。

私の唐突《とうとつ》な行動に、殿下が驚《おどろ》いたように私を見た。

「では、私も殿下と一緒に帰ってお兄様に怒られて差し上げますね」

殿下はキョトンとした後、優《やさ》しく笑ってくれた。

「それは頼《たの》もしい」

そう言って、殿下は私を抱《だ》き寄せた。

久しぶりの甘い空気に、キスを予感したその時、部屋にノックの音が響《ひび》いた。

「国を離れても邪魔《じゃま》が入るのはローランドの呪《のろ》いか？」

殿下の呟《つぶや》きは無視して、私は殿下から離れてドアに向かった。

「はーい」

ドアを開けるとそこにはランフア様とエウルカ国王様がいた。

「あ、今お二人に会いに行こうと思っていたんですよ」

私は二人を部屋の中に案内した。

美味《おい》しいお茶とお茶請《ちゃう》けも用意した。

勿論《もちろん》、ランフア様には妊婦《にんぷ》さん用のお茶を出す。

「エウルカ王国のお茶じゃないな」

「本当に何処《どこ》から出してくるのか不思議ですわ」

お茶を飲み、一息つくお二人は本当に仲睦《むつ》まじい。

お二人が幸せそうで私までほっこりした気持ちになる。

「ランフア様、私ランフア様にお願いがあるのですが」

「ユリアスにはいつもお世話になっているもの。私にできることならなんでも言って」

私は意を決して言った。

「お腹《なか》に触《さわ》ってもよろしいでしょうか？」

私を不思議そうに見るランフア様に、私は言った。

「妊婦さんのお腹に触ると健康で幸せなお子さんが生まれると聞いたことがあって」

ランフア様はフッと柔《やわ》らかく笑った。

「エウルカ王国では聞いたことがないのだけれど、ラオファン国では妊婦のお腹を撫《な》でると撫でた人にも元気なお子が生まれるという言い伝えがあるわ」

「それは、是非《ぜひ》各国の伝承を調べて本にしなくては」

私が拳《こぶし》を握《にぎ》って訴《うった》えかけると、ランファ様はクスクスと上品に笑った。

「貴女《あなた》らしいわね。まだ、お腹もあまり出ていないけど触っていいですわ」

私はランファ様に近づきお腹を触らせてもらった。

「なんだか不思議です。ここに新たな命が宿っているのですね」

「そのうちお腹の中で大暴れするようになるんですのよ」

ランファ様も慈愛《じあい》に満ちた笑顔《えがお》になっている。

ランファ様の気高い雰囲気《ふんいき》が今や聖母のように見える。

「私も早くお子が欲《ほ》しくなってきました」

それこそ、子ども関連のグッズに書籍《しょせき》などなど、自分で体験しなくては分からない商品がたくさん思《おも》い浮《う》かぶかもしれない。

「ユリアスに子どもができたら、ラスコ様のご実家の木工芸品で子どもが口にしても安全なガラガラを特注して差し上げますわ」

「それは素敵《すてき》ですわ！　そのような品が作れるのであれば、輸入したいので書類の作成をしなくては」

ランファ様と二人で話を進めていると、エウルカ国王様が笑いながらランファ様の肩《かた》を抱いた。

「ノッガー嬢《じょう》は、その前にパラシオ王子と結婚《けっこん》しなくてはな」

それもそうだ。

先走りすぎて話をややこしくしてしまうところだった。

反省しながら殿下を見れば、殿下は呆《あき》れたように私を見ていた。

言いたいことがあるなら言ってほしい。

「何か？」

「べつに」

なんだか引っかかる言い方である。

「はっきり言っていただかないとモヤモヤするのですが」

私が不満で口を尖《とが》らせると、エウルカ国王様が豪快《ごうかい》に笑った。

殿下は私と目が合わないように意図的にそらす。

「貴女はルドニーク様に愛されてる自覚を持った方がいいですわ。ところで、ルドニーク様のお帰りもユリアスと一緒でよろしいのかしら？」

ランフア様にも分かっているのに私が分からないのはモヤモヤしたが、ランフア様に話を変えられその話はそこで終わった。

「それは俺が決めることではないな。ユリアスの無事も確認できたから俺はすぐに帰らなくてはいけないがね」

「そうですか。それは残念ですわ」

ランファ様の本当に残念そうな顔に、横にいたエウルカ国王様がオロオロしているのは見えていないようだ。

「ランファ姫《ひめ》が幸せそうで安心した。愛されている女性は美しくなると言うが、本当だな」

「ルドニーク様ったら、いつからそんなに口が上手《うま》くなったのですの？」

殿下が優しく笑うと、ランファ様もふんわりと笑顔を返した。

「二人は仲が良すぎではないか？」

うわずった声で不安そうに聞いたエウルカ国王様に、ランファ様は悪戯《いたずら》っ子のような顔をした。

「ルドニーク様は幼馴染《おさななじ》みと言っても過言ではないほど、仲のいい殿方ですわ」

「なっ」

エウルカ国王様の絶望感の漂《ただよ》う顔にランファ様はクスクスと声を出して笑った。

「今は、もう一人の兄のような方ですわ。ご心配なさらなくても国王様以上に愛せる人などこの先存在するはずありませんのよ」

感動するエウルカ国王様にランファ様は今思いついたと言いたそうなハッとした顔をし

た。

「どうした？」

眉《まゆ》を下げたエウルカ国王様にランファ様はフーッと息を吐《は》いてみせた。

「エウルカ国王様と同じぐらい愛せる人がいたことを思い出してしまいまして」

ランファ様の言葉に泣きそうなエウルカ国王様が可哀想《かわいそう》である。

「それは、何処のどいつだ！」

「勿論、この子ですわ」

そう言って、ランファ様はお腹を撫でた。

そのランファ様の行動に、エウルカ国王様は鼻をスンッと鳴らした。

「では、お腹の子は世界一幸せな赤子になれるな」

エウルカ国王様はランファ様をギュッと抱きしめて頭にチュッと音のするキスを落とした。

幸せそうなお二人に私までほっこりしてしまう。

「目の前でイチャイチャしないでほしいのだが」

殿下はムスッとしてる。

「羨《うらや》ましくてもランファはやらん」

殿下はハーッと深いため息をついた。

「国王様、ルドニーク様はユリアスとイチャイチャしたいだけですわ」

ランファ様の呆れた声だけが、その場に響いた。

「とにかく、ランファ様には本当にお世話になりました」

私は話を切り上げるように二人に頭を下げた。

「こちらこそ、ユリアスがいなかったら、私は意地を張り続けて国王様に嫌《きら》われていたかもしれませんわ。だから、ありがとう」

ランファ様は私の手をギュッと握った。

「ルドニーク様に迷惑《めいわく》をかけすぎてはいけませんのよ。分かってますわよね？」

握られた手がぎりぎりと力を増していく。

私はコクコクと頷くことしかできなかった。

そんな私達を見て、エウルカ国王様が呟いた。

「ランファはパラシオ王子のことを兄のようだと言っていたが本当か？」

何故《なぜ》余計なことを聞くのだろうか？

ランファ様はキョトンとした顔で言った。

「ルドニーク様はただの私の初恋の人ですわ」

ランファ様も何故素直《すなお》に初恋の人などと言ってしまうのか？

私は頭を抱《かか》えたくなった。

あからさまにエウルカ国王様の顔が絶望に染まる。

「初恋と言っても、ただの私の憧《あこが》れで、いとも容易《たやす》くユリアスに奪《うば》われてしまいましたわ」

笑い話のように言ってのけるランファ様とは対照的に私達を信じられないものを見るような目つきで睨《にら》みつけてくるエウルカ国王様が怖《こわ》すぎる。

「ですが、そのおかげで国王様という素晴《すば》らしい旦那《だんな》様と結婚できたのですから感謝しかないんですのよ」

ランファ様がそう言って微笑《ほほえ》みかけると、エウルカ国王様はランファ様を愛《いと》おしそうに見つめた。

直《す》ぐに二人の世界に行ってしまうのはやめてほしい。

殿下など、二人から視線をそらし、遠くを見ている。

この二人が羨ましくないと言ったら嘘《うそ》になるが、人前でイチャイチャするのは恥《は》ずかしくないのだろうか？

そんなことを思いながら二人を眺《なが》めていると、痺《しび》れを切らした殿下が口を開いた。

「そろそろ、国に戻《もど》らなくてはならない。エウルカ王国とのこれから先の友好に幸《さち》多からんことを祈《いの》っております」

殿下はさっさと帰ることにしたようだ。

「私も、殿下と共に帰るつもりです。この度《たび》は本当にありがとうございました」

お礼を言って私も帰ることを伝えると、ランファは寂《さび》しそうに眉を下げた。

「ユリアスがいる間は退屈《たいくつ》する暇《ひま》がなかったですわ」

「ランファ様、お手紙書きますね」

私がニッコリと笑うと、ランファ様も笑顔を返してくれた。

「私も絶対に書きますわ」

「ついでに原稿《げんこう》の依頼《いらい》書も送りますので、マタニティグッズの感想などを添《そ》えてお返事くだされば嬉《うれ》しいです」

ランファ様の笑顔がスンッと消えた。

「私、貴女のそういうところが嫌いですわ」

「私はランファ様の、そのはっきりものを言ってくださるところが大好きです」

「褒《ほ》め言葉に聞こえないのだけれど？」

ランファ様に軽く睨まれてしまった。

私が苦笑いを浮かべると、殿下の深いため息が聞こえた。

「君は本当にブレないな」

殿下の呆れた声には慣れてしまい、むしろ安心感すら覚えてしまう。

思わず顔が緩《ゆる》む。

「なんて締《し》まりない顔をしていますの？」

ランファ様はそう言うと、私の頬《ほお》を両手で挟《はさ》んだ。

「早く帰って、ルドニーク様とイチャイチャすればいいのですわ」

面と向かってイチャイチャすればいいと言われても。

「言われなくてもイチャイチャしたいのだが、俺とユリアスは何かと邪魔されがちなんだ」

殿下がフーッとわざとらしく息を一つついた。

「ルドニーク様は、二人だけの空気を作り出すのが下手なのですわね」

何故か嬉しそうにクスクスとランファ様に笑われてしまった。

二人だけの空気なんて、二人きりの時以外にどうやって作るのだろう？

恋愛《れんあい》上級者のランファ様には教えてほしいことがたくさんである。

その辺も後々手紙で教えてもらうことにしようと決めた。


私達が先に帰ることをバハル船長に報告しに港へ行くと、大きなため息をつかれた。

「その過保護な王子が迎《むか》えに来たからか？」

「そういうわけではないのだけど」

今回の旅で手に入れた物資の加工について、いち早く職人さん達と話し合いたいとか言ったら、また呆れられてしまうに決まっている。

見れば殿下には気づかれているのか、呆れた顔をされている。

「護衛の二人のこともお願いね」

流石《さすが》に護衛まで背中に乗せてほしいなんて、ドラゴン様達には言えないのでバハル船長に頼んだのだが、二人には思い切り泣かれてしまった。

まるで捨てて帰るみたいに見えてしまうから縋《すが》りつくのはやめてほしい。

「護衛が泣くなど情けない」

見送りに来てくれたラスコ様は厳しい一言をバリガに向けたが、バリガは袖《そで》で涙を拭《ふ》きながらエグエグしている。

「シャンとしないか！」

見かねて怒鳴《どな》るラスコ様にバリガは近づき肩を摑《つか》んで叫《さけ》んだ。

「護衛なのに置いていかれる私の気持ちが貴様に分かるものかー」

「そう言われてみればそうだな。ノッガー様は護衛がいなくて大丈夫《だいじょうぶ》なのですか？」

私はニッコリと笑うと後ろに並んでいたドラゴンの家族を見た。

「殿下もいますし、空から帰りますから、攻撃《こうげき》できないと思います」

「空？」

普通《ふつう》に考えたら空を飛ぶなんて非現実的なことである。

現にラスコ様も首を傾げている。

「ドラゴン様方に乗せてもらって帰るのです」

「ドラゴンとは、空想上の生き物なのでは？」

ラスコ様が不思議そうな顔をした。

ラスコ様の話を聞いていたドラゴンの家族がラスコ様の前に立った。

「あらあらまああ、この子、新しい宰相様じゃな〜い」

リーレン様の艶《つや》のある喋《しゃべ》り方にも惑《まど》わされることなく、ラスコ様は恭《うやうや》しく頭を下げた。

「この度、宰相に選ばれました。ラスコと申します」

そんなラスコ様の頭を躊躇《ためら》いなく撫でるリーレン様に、少しムッとしたようにハイス様がリーレン様を後ろから抱きしめる。

「ラー君ね。覚えたわ〜。ラー君いい子だから飴《あめ》ちゃんあげちゃう」

リーレン様に差し出された飴をオロオロしながらも、口に入れパーッと感動したような顔になるラスコ様は誰《だれ》が見ても可愛い。

可愛いラスコ様を小さな子どもを見るように見つめるリーレン様が聖母に見える。

しばらく幸せそうに飴を舐《な》めていたラスコ様はハッと我に返り、私に紙袋《かみぶくろ》を手渡《てわた》してくれた。

「これは、僕が作った物なのですが、良ければ」

紙袋の中には木製彫刻《ちょうこく》の髪飾《かみかざ》りがたくさん入っていた。

「なんて素敵な細工でしょう！　木材をこんなに繊細《せんさい》に削《けず》り出すことができるんですね。是非専属契約《けいやく》したいのですがいかがでしょうか？」

書類を準備しようと言ったのだが、ラスコ様はゆっくりと首を横に振《ふ》った。

「凄く嬉しい申し出ですが、これから宰相としての仕事で忙しくなるので」

「そうでした。もったいな……げふんげふん。仕方のないことですわ！」

私は渋々納得《しぶしぶなっとく》した。

「お嬢さん！　それ、見せておくれよ」

バネッテ様は髪飾りを一つ手に取ると、興奮したのか瞳《ひとみ》の色が金色に変わった。

「これは凄いね！　感動したよ！」

そう言うと、バネッテ様はラスコ様の手を握った。

そして、その手にチュッと軽い音を立ててキスをした。

「あんたみたいに緑を愛する人間は嫌いじゃないよ。少しだけだが祝福を授《さず》けた。木に触《ふ》れたり話しかけたりしたらよく育つからやってみな」

バネッテ様は髪飾りが気に入ったようで、髪《かみ》につけている。

バネッテ様の祝福を授かったのはよかったのかもしれないが、彼氏《かれし》であるマイガーさんに手にキスされたなんて知られたら、ラスコ様の命の保証ができない。

殿下も同じことを考えているようで、バネッテ様を恨《うら》めしそうに見ていた。

バネッテ様がうっかりマイガーさんにこの話をしないように、後で釘《くぎ》を刺《さ》しておかないといけない。

「そろそろ行かなくてはならない。ユリアスが世話になった」

殿下はラスコ様にお礼を言った。

それとほぼ同時に、バネッテ様がドラゴンの姿になった。

見上げるほどに大きなドラゴンの姿に港が大混乱になったのは、許してほしい。

# 国に着いても

バネッテ様の背中に乗せてもらい、国に帰るのにかかったのはほぼ一日。

無理をさせて申し訳ない気持ちでいたが、家族三人で空を翔《か》けるのが凄《すご》く楽しかったと逆にお礼を言われてしまった。

リーレン様やハイス様も終始ご機嫌《きげん》だったので、同じ気持ちなのだろう。

むしろ、問題なのはお兄様とマイガーさんの方だ。

バネッテ様に頼《たの》んで殿下《でんか》がエウルカ王国に行ったせいで、バネッテ様を取られたと思っているマイガーさんの殺気と、仕事を放り出してお兄様に丸投げしたことによるお兄様の殺気で帰って直《す》ぐに殿下は真っ青になっていた。

「ってわけで、殴《なぐ》っていいよね？」

マイガーさんに、にじり寄られジリジリと後ずさる殿下はなんだか可愛《かわい》い。

「緊急《きんきゅう》事態だったんだ」

「それでも嫌《いや》だって分かるよね？」

殿下は諦《あきら》めたように構えた。

「何やってるんだい？　お嬢《じょう》さんを助けるために私が連れて行くって言ったんだよ！　お門違《かどちが》いなことで怒《おこ》るんじゃないよ」

マイガーさんは文句を言い足りない様子だったが、バネッテ様が頭を撫《な》でてあげたことで機嫌は直った。

バネッテ様には頭の上がらない思いだ、と殿下が呟《つぶや》いていたのは聞かなかったことにした。

打って変わって、お兄様の方は許す気はないようで、殿下が執務《しつむ》室に入ったのをいち早く感じ取り、促《うなが》すように椅子《いす》に座らせると流れるような動きで殿下を椅子に縛《しば》りつけた。

職人技《わざ》を見せられた気持ちだ。

お兄様は底冷えする美しい笑顔《えがお》で、書類の山を次々に殿下の机に置いていく。

「僕が確認《かくにん》してあるのでサインしていただければ済む書類がこちらの山で、殿下にも内容を確認していただきたい書類がこちらの山。一切手をつけていないのが僕の机の上の書類です」

殿下は書類の山を見つめてため息をついた。

「ため息をつく暇《ひま》があるのなら一枚でも多く書類を片づけていただけますか？　その間にも書類は増えていくのですよ」

お兄様は殿下に視線をうつすことなく、書類を処理していく。

「私、お茶でも淹《い》れましょうか？」

殿下が期待するように私を見たが、お兄様は笑顔で言った。

「お茶をする時間すらない。ユリアスがいると殿下のやる気がなくなるから家に帰ってなさい」

触《さわ》らぬ神に祟《たた》りなしだと思う。

私は急いで帰《かえ》り支度《じたく》を始める。

「やる気出すから少しだけユリアスと話をしてはダメだろうか？」

バネッテ様に乗せてもらった帰り道、殿下はリーレン様が乗せると言い張った。

その分バネッテ様に何があったか話せたものの、殿下との会話らしい会話はなかった。

そのため話したいことがあるのかもしれない。

「ダメです。ユリアスと話したいのであれば、この部屋にある書類を全て片づけてからにしていただきます。その方がやる気が出るのでは？」

お兄様は私に早く部屋を出るよう視線を寄越《よこ》す。

仕方ないので執務室を出ることにした。

扉《とびら》を閉めた瞬間《しゅんかん》に殿下の悲痛な叫《さけ》びが聞こえた気がしたが、きっと気のせいだ。

あの後、殿下から連絡《れんらく》が来たのは三日後で、手紙で城まで来てほしいというものだった。

ようやくゆっくり話ができるかと思って城に向かったのだが、執務室の殿下の机には堆《うずたか》く書類の束が積まれていた。

「お呼びですか？　殿下」

私が執務室に入れば殿下は変わらず椅子に縛りつけられていた。

「書類が片づいているようには見えませんが？」

「見ての通りだ。ただ、ローランドが諸事情で城から出ているからその隙に君と会っておきたかったんだ」

「諸事情ですか？」

今朝、朝食を一緒《いっしょ》に食べた時にお兄様に予定があるなんて聞いていなかったはずだが？

「ローランドにだって妹に言えない理由ぐらいあるだろ？」

「お兄様は基本私にスケジュールを教えてくださいますが？」

「仲良しめ」

何故《なぜ》か悔《くや》しそうな殿下が可愛い。

「で、お兄様に何をしたんですか？」

「別に大したことはしていない」

その内容を聞いているんだ。

私がジッと睨《にら》むと、殿下は観念したように言った。

「ローランドも彼女とデートしたいだろ」

「マニカ様を呼んだのですか？」

殿下はコクリと頷《うなず》いた。

「ローランドには絶対に逃《に》げないし、大人しくしているから今日はゆっくりマニカとの時間を楽しんでこいと言って送り出した」

お兄様にも安らげる時間ができてよかった。

しばらくはお兄様も帰ってこないということ？

「では、書類整理をお手伝いすればよろしいのでしょうか？」

「違《ちが》うだろ」

「え？」

殿下は額に手を置くとハーっと息を吐いた。

「この三日間一言も話せていないことは理解しているか？」

実は、通信機をエウルカ王国に忘れてきてしまい、連絡が取れなくなったことをまだ殿下に伝えていない。

仕方なく口を開こうとした私をじっとりと睨みつけた殿下が先に切り出した。

「通信機なくしただろ」

バレている。

「あの～実はですね」

「エウルカ国王陛下が持ってたぞ」

ああ、忘れ物はすでに使われた後だったようだ。

「三日も、エウルカ国王陛下に惚気《のろけ》話を聞かされて頭がおかしくなりそうだ」

毎日通信機を使っていることが分かる一言だ。

「仲良しですね」

そんな言葉しか出てこなかった。

「ちっとも悪いと思ってないな」

私はとりあえず頭を下げた。

「すみませんでした」

「悪いと思うならこっちに来て縄を解いてくれ」

私は渋々《しぶしぶ》殿下の縄を解くために近づいた。

すると、いきなり腰《こし》を掴《つか》まれ、気づけば殿下の膝《ひざ》の上に乗せられていた。

「ちょっ、何するんですか？」

文句を言っているのに、殿下は私をギュッと抱《だ》きしめた。

「君が側《そば》にいると実感をさせてくれ……心配したんだぞ」

殿下が心配すると分かっていて、通信機を切った自覚はある。

ただ、まさか迎《むか》えに来てくれるとは思っていなかった。

私は殿下の背中に手を回して抱きしめ返した。

「心配かけてしまって、ごめんなさい」

悪いと思っている。

「素直《すなお》だな」

何か疑うような殿下の声に少しムッとする。

「素直に謝ってはいけませんでしたか？」

「そうじゃない」

殿下は抱きしめていた手を緩《ゆる》めると私の顔色をうかがうように私を見つめた。

「素直に謝られると直ぐ許したくなってしまうだろう」

「許したくないのですか？」

「直ぐ許したら、またやるだろ」

私は殿下の顔を両手で挟《はさ》んだ。

「やらないとは言えませんね」

殿下はそのまま口を尖《とが》らせて不満そうにしている。

変顔にさせられているのに、抵抗《ていこう》しない殿下に思わず笑ってしまった。

さらに不満そうな顔をされたのは言うまでもない。

私はクスクス笑いながら、変顔の殿下に触《ふ》れるだけのキスをした。

「殿下が迎えに来てくれて、凄く嬉《うれ》しかったです」

私がそう呟くと、殿下は私の肩《かた》に顔を埋《う》めた。

「それは卑怯《ひきょう》だろ」

殿下の声が耳元で聞こえ、胸が跳《は》ねる。

「許してくださいますか？」

殿下は悔しそうにしばらく唸《うな》った後、呟いた。

「今ので許した」

許しも出たし殿下の膝から降りようとしたのだが、殿下の手の力が再び強くなった。

「あの、降りられないのですが？」

「何故降りる？」

「重いからです」

「重くない」

殿下は私を離《はな》す気がないようだ。

「こんなことしていたら書類が終わりませんわ」

「こんなことと言うが、恋人同士《こいびとどうし》には必要な時間だ！」

強い意志を感じる声音《こわね》でビシッと言い切られたが、流石《さすが》に膝の上に乗せられたままは恥《は》ずかしすぎる。

殿下の腕の中でもがくが全然びくともしない。

私も少しは体を鍛《きた》えた方がいいのだろうか？

本気で筋トレを考え始めた私をよそに、殿下が私の頬《ほお》にキスをした。

驚《おどろ》く私を上機嫌《じょうきげん》で見ていた殿下は、さらに鼻先や瞼《まぶた》にまでキスをしてきた。

「まっ、待ってください。恥ずかしいから」

抵抗する私を嘲笑《あざわら》うかのように顔中にキスをされた。

「顔が真っ赤だぞユリアス」

「殿下のせいです」

急いで顔を手で隠《かく》したが、その手にまでキスをされ耳まで熱くなる。

「ユリアスが可愛すぎて、頭がおかしくなりそうだ」

恥ずかしすぎて私の頭の方がおかしくなりそうなのに。

不満を口にしようとした瞬間、執務室の扉が勢いよく開かれ、私は心臓が飛び出すかと

思った。

入ってきたのは鬼《おに》の形相のお兄様だった。

「で～ん～か～」

「帰ってくるのが早すぎじゃないか」

お兄様を見た殿下はあからさまにガックリとした。

ついでに手の力も緩んだのでピョイッと膝から飛《と》び退《の》いた。

ようやく逃げ出せたことに安堵《あんど》する。

「マニカとデートはどうした？」

「マニカ様から殿下の企《たくら》みを聞いて、急いで戻《もど》ってきたのですよ」

「マニカめ、裏切ったな」

殿下が悪態をついたのを見て、お兄様の額に血管が浮《う》く。

「マニカ様を卑怯な企みに利用するとは、死ぬ覚悟《かくご》があるんだな」

お兄様の地を這《は》うような低い声に恐《おそ》れることなく、殿下は不貞腐《ふてくさ》れた顔をした。

「マニカを利用したんじゃない。マニカの気持ちが分からないのか？」

「マニカ様の気持ち？」

怪訝《けげん》そうな顔のお兄様に、殿下は指を差して言った。

「マニカだってローランドとゆっくりする時間が欲《ほ》しいんだ！」

殿下はドヤ顔だったが、お兄様の顔は殺意に溢《あふ》れていた。

「マニカ様との時間を一番奪《うば》っているやつが、お前だろーが！」

完全に怒ったお兄様は私でも止めることは不可能である。

私は二人に気づかれないようにそっと執務室を後にした。

この後、怒ったお兄様がマニカ様と一週間ほどマニカ様の領地に旅行に行ってしまったせいで、殿下は執務室に監禁《かんきん》されることになった。

マニカ様と幸せなひと時を過ごしてお兄様は幸せそうに帰ってきたが、お兄様が帰ってくるまでの間に殿下はだいぶ、やつれたように見えた。


エウルカ王国に嫁《とつ》いだランファ様も、凄く幸せになったことが分かり安心した。

新たな交易もできることになり、事業として飛躍《ひやく》することは間違《まちが》いない。

そして、ランファ様にプレゼントしたマタニティドレスの売れ行きも、鰻登《うなぎのぼ》りで有難《ありがた》い。

新たな木製の工芸品もアクセサリーも店に並べる端《はし》からなくなる売れ行きである。


ランファ様からの大量のマタニティプレゼントのレポートも届いたので、さらに良《い》いものが作れる予感がする。

次はベビー服のプレゼントも考えようと私は心に決めたのだった。

# あとがき

この度《たび》は『勿論《もちろん》、慰謝料請求《いしゃりょうせいきゅう》いたします！　6』を、お手に取っていただきありがとうございます。

soyと申します。


今回のユリアスは、殿下《でんか》と離《はな》れての旅へ。

ランフア夫婦《ふうふ》の仲を深めたり、エウルカ王国の王族の絆《きずな》を深めるために行動したり、大忙《おおいそが》しなユリアスを感じていただけたのではないでしょうか？

そんなユリアスが心配で仕方がないという殿下の様子を感じとっていただけたら幸いです。


それにユリアスの中でも殿下の存在がどんどん大きくなっています。

三巻で殿下が獣人《じゅうじん》の国に行ったことに気づきもしなかったあの頃《ころ》から考えればユリアスの心境の変化に涙《なみだ》が出そうになります。

作者の私が、ユリアスを動かすことが楽しくなり過ぎて恋愛《れんあい》させるのを忘れてしまっていた一巻から、六巻まで出せたのも読んでくださる皆様《みなさま》のおかげに他ありません。

ユリアスの隣には殿下が居ることが、今となっては当たり前になってくれて安心しました。

殿下とイチャイチャするユリアスが可愛《かわい》く見えたら嬉《うれ》しいのですが、どちらかと言うと殿下の方が可愛く見えてしまうのは私の気のせいでしょうか？

殿下を格好よく書きたい願望があるのについ可愛くなってしまうのは、殿下が不憫《ふびん》属性だからか……。

ユリアスに振《ふ》り回《まわ》される殿下が好きすぎる私のせいですね。

この作品を気に入ってくださっている方々なら、きっと分かってくれると信じています。

今回の話で心残りがあるとすれば、マイガーとローランドをあまり出してあげられなかったことです。

マイガーは、とても人気のある人なのでたくさん出したいと思うのですが、今回は一瞬《いっしゅん》しか出してあげられませんでした。

マイガーのファンの方すみません。

私の作品の傾向《けいこう》として、イラストを描《か》いてくださっているm／g様の美しいキャラクターデザインを見てしまうと、次からの作品にも出したいと思ってしまうことが多々あります。

今回はドラゴン夫婦を出したくて、マイガーさんの出番が減りました。

本当にすみません。

キャラクターが増え過ぎて、m／g様にはご苦労をおかけしていますが、毎回私の想像の遥《はる》か上をいく素敵《すてき》なキャラクターデザインを出してくださるのは、本当に神だと思っています。

本当に感謝しています。

最後に、刊行にあたり本作に関わってくださった沢山《たくさん》の方々に熱く御礼《おれい》申《もう》し上《あ》げます。

そして、ここまで読んでくださった皆様も、本当にありがとうございます。

また、お会いできる時を夢みて、失礼させていただきます。

soy

# 番外編　旅立ち ◆ 殿下目線

その日、俺は愛《いと》しい婚約者《こんやく》と飛び級についての話をしていた。

飛び級をして、学園を早期卒業してくれれば直《す》ぐさま結婚《けっこん》できるのだが、俺の婚約者は飛び級をしてはくれないだろうと分かっていた。

何せ彼女は、天才商人だから。

勉学のために学園に入ったのではなく、情報収集が主たる理由である。

全ては己《おのれ》の店の利益を求めることこそが、彼女の生き甲斐《いがい》であると、俺は知っている。

だから、期待などはしていなかった。

彼女は仕事の話をしている時、瞳《ひとみ》をキラキラさせていて可愛《かわい》いから、俺は彼女の言うことが理不尽《りふじん》だと思っても聞いてあげたくなる。

愛おしいという感情は実に厄介《やっかい》である。

そんな婚約者宛《あて》にエウルカ王国に嫁《とつ》いだランフア姫《ひめ》から手紙が届いた。

渡《わた》したその場で手紙を読み、エウルカ王国に行くと言い出した。

俺が学園を卒業してから、ユリアスは理由を作っては会いに来てくれていたのだが、毎日会えないことが俺には苦痛だった。

それなのに、遠い国に行ってしまったらさらに会えなくなる。

片道一週間もかかる場所に行くなんて。

どうしてエウルカ王国に行かなくてはいけないのかすら教えてくれないユリアスに苛立《いらだ》ちを感じたが、結局は絆《ほだ》されて押し切られてしまった。

毎日、夜寝《ね》る前に通信機で連絡《れんらく》を取り合うことを条件に。


ユリアスが旅立った日の夜、最初の夜。

内心ウキウキして通信機の前で待った。

ユリアスと恋人《こいびと》として、甘い時間を過ごせたらと思っていたからなのだが、それは考えが甘すぎた。

通信機が繋《つな》がった時、ユリアスの姿が通信機の上に現れ安堵《あんど》した。

元気そうな顔に思わず口元が緩《ゆる》む。

「そっちは変わりないか？」

俺の声にユリアスは嬉《うれ》しそうに笑う。

『はい。順調ですわ』

よくよく見れば、ユリアスは寝衣《しんい》のようで淡《あわ》い水色のワンピースにショールを羽織っていた。

見慣れない気の緩んだ格好にドキドキする。

『バハル船長が風の魔法《まほう》を使ってくださっているので早く着きそうです』

「体調を崩《くず》さないようにしろよ」

何気ない会話に安心感を抱《いだ》いていたその時、ユリアスの後ろからリーレン様が現れた。

『大丈夫《だいじょうぶ》よ～ユリちゃんは私お手製の飴《あめ》ちゃんで元気いっぱいだから』

『リーレン様の飴には色々な効能があるんですって！　殿下《でんか》知ってましたか？』

可愛く飴についての話をするユリアスに、俺はそうじゃないとツッコミを入れたかった。

俺は二人だけの甘い時間が欲《ほ》しかったのだ。

そこにリーレン様がいたらダメだろ！

『じゃあ、ルーちゃん寝不足《ねぶそく》は美容と船酔《ふなよ》いに悪いからじゃあね』

そう言うと、通信機がプツリと切れた。

嘘《うそ》だろ？　大した話もできずに通信を切られるなんて。

翌日通信すると、寝衣姿ではなく少し残念になる。

さらに残念なことに、すでにバハル船長がユリアスの後ろにいる。

「バハル船長も何か話があるのか？」

『別に～』

別にないならユリアスと二人きりにしてほしい。

『今日も周りは海ばかりでした』

ユリアスは代わり映《ば》えしない景色の話をしていた。

他愛《たわい》もない話しかできない状況《じょうきょう》に、俺は二人だけの甘い時間は早々に諦《あきら》めた。

それでも毎日ユリアスの顔が見られるだけで、幸せな気持ちになれた。

通信機を持つ前は、ユリアスが会いに来てくれなければ顔を見ることすら叶《かな》わなかったのだから、毎日顔が見られるということが幸せに直結したのだと思う。

邪魔《じゃま》なやつがいようが、ユリアスの顔さえ見えれば安心できた。

エウルカ王国に着いた後も、ユリアスは通信してくれた。

翌日にはランフア姫に会えるのだと意気込んでいた。

ランフア姫へのプレゼントには絶対の自信がある様子のユリアスは瞳をキラキラさせていた。

次に通信した時に、そこにいたのはエウルカ国王陛下だった。

期待はしていなくても、他の男と一緒《いっしょ》にいるのは嫉妬《しっと》してしまうからやめてほしい。

しかも、ユリアスは生粋《きっすい》の人誑《たら》しだから、国に帰さないなどと言われたらとヒヤヒヤする。

話してみて、本気で驚《おどろ》いた。

ランフア姫に子どもができたと言う。

何も知らなかった。

ランフア姫は俺にとって、妹のような存在だ。

ちゃんと祝いたかった。

ユリアスはそのことを知っていたようで、恨《うら》みがましく思う。

翌日はランフア姫がいた。

ユリアスが1人でいると期待していた。

確実にガッカリしてしまう。

しかも、ランフア姫はかなりご機嫌斜《きげんなな》めで、説教をされてしまった。

ユリアスに綺麗《きれい》だと言っているのか？　と聞かれ、思いはしても口に出していたかと言われると出していただろうかと考えてしまう。

ユリアスを可愛いと感じることが増えているのは事実だし、綺麗だと感じることも数えきれないぐらいあるがいざ口に出すことは、していないように思えた。

悩《なや》む俺にランフア姫がさらに怒《おこ》っている。

そんな時、エウルカ国王陛下が部屋に入ってきたのが分かった。

ランフア姫はエウルカ国王陛下に自分をさらけ出すことができていなかったらしく、怒るランフア姫にデレるエウルカ国王陛下を見せられ、多少イラッとする。

他人の前でイチャイチャするぐらいなら、さっさと部屋を出て行って二人でイチャイチャすればいいのに。

そう思った時、ランフア姫が俺を睨《にら》んだ。

怒《いか》りは収まっていないらしい。

それを止めてくれたのはユリアスだった。

ユリアスはたまに俺が言う〝可愛い〟を嬉しく思ってくれていると言う。

それを言ってくれるユリアスが可愛い。

一人で幸せを噛《か》みしめていたら、いつの間にかランフア姫とエウルカ国王陛下は部屋を出て行ってくれたようだ。

久しぶりのユリアスと二人きりの時間だ。

ユリアスの照《て》れ隠《かく》しの舌打ちすら可愛く感じてしまう。

二人きりの甘い空気にしては甘さの足りない俺達の会話は逆に安心感がある。

ユリアスもそう感じてくれていたら嬉しいのだが。

そして次の日、かなり珍《めずら》しく通信機の前にはユリアスしか居《お》らず、俺はかえって嫌《いや》な予感がした。

思わず帰る気があるのか？　と口から漏《も》れ出してしまう。

ユリアスなら、エウルカ王国の方が商売しやすいとか帰ってこないとか言い出してきそうだ。

程《ほど》なくして、部屋にノックの音が響《ひび》いた。

勿論《もちろん》、俺の部屋ではない。

ユリアスの部屋に入ってきたのは、エウルカ国王陛下の妹の夫で神官のラジータだった。

ユリアスに国を救ってほしいみたいな話を持ちかけている。

嫌な予感は的中し、ユリアスはラジータの話に興味を持っている。

早く帰ってくるように言っても時すでに遅《おそ》し。

しかも、通信機を電波障害がとか言って切る始末《しまつ》。

その後、どんなに通信機を繋げようとしても繋がりやしない。

絶望の中、一晩を過ごし、朝日が覚めてから直ぐに通信機で連絡を取ろうとするも、うんともすんとも言わない。

俺の中に不安だけが積み重なっていく。

もう、ダメだ！　迎《むか》えに行こう。

不安がピークに達した俺は城を抜《ぬ》け出し、バネッテ様の元に急いだ。

バネッテ様の住む小さな家には、たくさんのハーブが植えられていていい匂《にお》いがする。

普段《ふだん》であれば、心を落ち着ける香りなのだろうが、落ち着いていられるか！　という怒りが湧《わ》き起《お》こる。

乱暴にバネッテ様の家のドアを叩《たた》く。

しばらくしても開かないドアに苛立ち、出てくるまで叩くと決めた。

数分後、ドアが開き寝起《ねお》きだと分かるバネッテ様があくびをしながら出てきた。

「どうした？」

「ユリアスと連絡が取れなくなりまして、迎えに行きたいのです」

俺の真剣《しんけん》さにただごとではない雰囲気《ふんいき》を感じ取ったのか、バネッテ様は家から出ると直ぐにドラゴンの姿に変わった。

小さな家よりも背の高いバネッテ様のドラゴンの姿は、日に当たり翡翠《ひすい》のように輝《かがや》いた。

「さあ、行くよ」

バネッテ様は俺を背中に乗せると翼《つばさ》を広げて空に飛びたってくれた。

「お嬢《じょう》さんなら大丈夫だよ。ただ、何かやらかしていないかは心配だからねぇ。王子が迎えに行くのは賛成だよ」

　バネッテ様の同意を得て、俺は旅立った。

　空から見る国の美しさに感動してしまったのは口に出すことはなかった。

　帰りにユリアスに話そうと決めて俺は、エウルカ王国に思いを馳《は》せた。

　エウルカ王国に着いた時、わざわざバネッテ様に頼《たの》み宮殿の中庭に降りてもらう。

　たくさんの兵士が剣《けん》を構えて警戒《けいかい》する中、バネッテ様は地面に足がつくと同時に人の、というか、天使にしか見えない姿に変わった。

　勿論、俺は空中に投げ出された。

　咄嗟《とっさ》に風の魔法を使い、無様な着地にならずに済んだが、一言言ってほしかった。

　バネッテ様は俺を置いて宮殿《きゅうでん》の中に走っていってしまった。

　バネッテ様を追いかけていけば、ドラゴンの家族が揃《そろ》ってしまっている。

　とはいえ、ドラゴンは温厚《おんこう》な生き物だからとたかを括《くく》っていたのに、俺がユリアスの前に来る頃《ころ》にはドラゴンは三人とも一触即発《いっしょくそくはつ》な状態になっていた。

　話を聞けば、ユリアスと俺を侮辱《ぶじょく》したと言う。

　自分達のことではなく、俺達のことで怒ってくれたことに嬉しさが湧く。

いや、今にもエウルカ王国を地図から消そうとするドラゴン達を止めなくてはならないのだから喜んではダメだ。

そんなことを考えているうちにランファ姫とエウルカ国王陛下が騒《さわ》ぎを聞きつけやってきた。

ランファ姫はエウルカ国王陛下の元に来る前に比べると、落ち着きと慈愛《じあい》に満ちた雰囲気になっていた。

母になるとはなんと偉大《いだい》なのだろう。

ランファ姫と社交辞令を交《か》わし合うと、怒られた。

ユリアス以外に〝美しい〟とか言ってはいけないのだと。

それは、世間一般《せけんいっぱん》の恋人に適応される条件だと直ぐに気がついた。

ユリアスは、俺がランファ姫を〝美しい〟と言ったぐらいじゃ嫉妬などしてくれるわけがない。

案の定ユリアスは拳《こぶし》を握《にぎ》りしめ、ランファ姫が美しいのは当たり前だと力説して、怒られていた。

ランファ姫の求める解答ではなかったのは明白である。

だが、それがユリアスという人間なのだ。

嫉妬するユリアスとか想像しただけで可愛いが、それはユリアスではない。

それはただの俺の願望でしかないのだ。

下手をしたら、俺と離《はな》れていたって寂《さび》しいなんて感じていないかもしれない。

考え出したら辛《つら》くなってきた。

考えるのはやめよう。

そんなことより、ドラゴンの怒りは増しに増していて、リーレン様の魔力《まりょく》がユリアスに暴言を吐《は》きまくる男を徐々《じょじょ》に凍《こお》らせていく。

しばらく目を離せば、氷のオブジェが完成していた。

バネッテ様の魔力で生えた木がアクセントになっている。

このまま飾《かざ》るには、中の男が邪魔である。

聞けば、宰相《さいしょう》だという氷漬《づ》けの男をエウルカ国王陛下はクビにする話をしていた。

面倒《めんどう》ごとの元凶《げんきょう》はこの男だったのだと言う。

エウルカ国王陛下も処罰《しょばつ》するための証拠《しょうこ》集めをしていたようだ。

クビにするいい理由ができたようでよかった。

国に直ぐさま帰ることになり、ユリアスはバハル船長の船で帰るのだと思い込んでいたのだが、一緒に帰ってくれると言う。

俺が怒られるようなら一緒に謝ってくれると言う。

なんて心強いんだ。

ユリアスが俺のことだけを考えてくれるみたいで凄《すご》く嬉しい。

ランフア姫とエウルカ国王陛下も見送りに来てくれ、目の前でイチャイチャされた。

俺も国に帰ったらユリアスとイチャイチャするとその時決めた。


ドラゴンの姿のバネッテ様の背に二人で乗り、帰る。

それが、俺の密《ひそ》かな計画だった。

「では、帰りましょう」

ユリアスの楽しそうな声とは裏腹に、俺は一人項垂《うなだ》れた。

俺がユリアスと一緒にバネッテ様の元に行くと、腕《うで》を摑《つか》まれた。

摑んできたのは笑顔《えがお》のリーレン様だった。

「ルーちゃんは私が乗せるわね」

「は？」

「バネッテに二人も乗ったら疲《つか》れちゃうでしょ～」

口を尖《とが》らせながら俺に指差してくるリーレン様が憎《にく》い。

「リーレン様とハイス様は船で帰らないのですか？」

俺の言葉に、リーレン様はフーッと息を吐いた。

「船、飽《あ》きちゃったんだもん」

リーレン様の後ろでハイス様が頷《うなず》いている。

いや、飽きるなよ。

船旅したくて護衛を買って出たんじゃないのか？

結局、守護竜《りゅう》に逆らえるわけもなく、俺とユリアスは別々のドラゴンに乗り国に帰ったのだった。

国に着いてからも、ユリアスとイチャイチャできる時間を作ろうと必死だったが、マイガーにバネッテ様に連れて行ってもらったせいでキレられ、ローランドには書類のタワーを築かれ執務《しつむ》室に監禁《かんきん》された。

唯一《ゆいいつ》のユリアスとの繋がりと思って通信機を使えば、エウルカ国王陛下が出てきて、絶望した。

ユリアスは通信機をエウルカ王国に忘れて帰ってきたようだ。

丁重《ていちょう》に謝罪をして通信を切ろうとすれば、まあまあと言われて長々とランファ姫とのラブラブ話を自慢《じまん》された。

俺の精神をガリガリと削《けず》っている自覚はエウルカ国王陛下は微塵《みじん》も持ち合わせていないようで長話をされた。

もうダメだ！　ユリアスに会いたい!!

俺はユリアスに会うための作戦を練ることにした。

まず、俺は仕事を真面目に行い、ローランドにバレないように、俺の幼馴染《おさななじ》みでローランドの恋人のマニカに手紙を書いた。

ローランドに悪いことをしてしまったので、癒《いや》してあげてほしいという内容だ。

マニカから直ぐに返事が来た。

『殿下はローランド様に悪いと思ってらっしゃるのですね。そういったことなら、私も頑《がん》張《ば》らせていただきます』

マニカは急遽《きゅうきょ》パートナーが必要な観劇に行かなくてはいけなくなったと手紙を寄越《よこ》した。

とても重要な観劇なのだとローランドに話したようで、ローランドはソワソワしていた。

「ローランド、どうかしたのか？」

「いえ」

頑《かたく》なに俺にことの顚末《てんまつ》を話そうとしないローランドに、俺は言った。

「何か気になることがあるなら言え。ローランドには迷惑《めいわく》をかけたからなんでも聞くぞ」

俺が真剣に聞けば、ローランドは渋々《しぶしぶ》ことの顚末を話してくれた。

「では、直ぐに行ってこい」

「絶対に俺は逃《に》げたりしないし、パートナーが必要なマニカがローランド以外の男をパートナーに選んでもいいのか？」

「ですが」

俺の言葉にローランドは息を呑《の》んだ。

ローランドは俺に一礼すると、執務室を出て行った。

その後、俺は必死に書類と向き合った。

格好よくユリアスに会いに行くためには、仕事を片づけなくては。

いや、一向に終わる気がしない。

俺は痺《しび》れを切らし、ユリアスに手紙を送った。

一目でいいからユリアスに会いたかったのだ。

いつもとなんら変わらない雰囲気でユリアスはやってきた。

彼女はやはり俺と会えなくて寂しいとは思っていないのではないかと疑ってしまう。

ローランドにマニカとデートする時間を作ったと言えば、ユリアスは使命感のように書類を手伝うと言ってきた。

俺が求めていることとはかなり違《ちが》う。

俺が欲しいのは恋人との甘い時間である。

しかも、ユリアスは通信機をエウルカ王国に忘れて帰っているし。

警戒する野生動物のようなユリアスは、執務室の椅子《いす》に縛《しば》られた俺に近づいてきやしない。

仕方なく、縄を解いてほしいと頼むと、やはり渋々俺に近づいてきた。

俺はそんなユリアスの腰《こし》を掴み膝《ひざ》に座らせた。

何が起きたのか分からずキョトンとするユリアスは可愛い。

ようやく触《ふ》れることのできるユリアスに胸が熱くなる。

エウルカ王国にいるユリアスと連絡が取れなくなって凄く心配したと伝えると、ユリアスはシュンとして謝った。

はっきり言って可愛い。

直ぐに許す気なんてなかったのに、もう許した。

ユリアスには許したくない旨《むね》を伝えたが、ユリアスは可愛い。

可愛すぎて許した。

ユリアスは本当に狡《ずる》い。

惚《ほ》れた弱みというものをフル活用して、俺を丸め込もうとするのはやめてほしいと思うが、俺の腕の中にしおらしくしているユリアスを離したくない。

離したくないが、通信機をエウルカ王国に忘れてきたことは許した。

いや、全部許した。

ユリアスの顔にたくさんキスを落として、それを回避《かいひ》するために顔を覆《おお》った手にまでキスをすれば、いやが上にも甘い空気になる。

このまま恋人との甘い時間を過ごそうと決めたその瞬間《しゅんかん》、ローランドの地を這《は》うような低い声がその場に響き渡った。

どうやらマニカが全て話してしまったようだった。

裏切られた。

いや、マニカは元から俺の味方ではなかったのだ。

しかも、マニカを裏切り者呼ばわりしたせいか、ローランドの逆鱗《げきりん》に触れてしまったようで、ローランドは翌日から一週間城に現れることはなかった。

どうやら、マニカの家の領地に旅立ってしまったのだと言う。

ローランドは俺に一通の手紙を残していた。

『ユリアスに会わずに黙《だま》って仕事だけしていろ。僕がいない間にユリアスに会ったら二度とユリアスに会えないと思え』

短いながらに鬼気《きき》迫《せま》る文体に恐《おそ》れ慄《おのの》いたのだが、それどころではない。

ローランドがサポートしてくれない仕事がこんなにもキツイだなんて知らなかった。

次々に運ばれてくる書類を前に、俺は地獄《じごく》を味わった。

一週間の間、ユリアスに会いたいとずっと思っていたが、今一番会いたいのはローランドだと思わされた。

地獄の一週間の後、ローランドが元気にツヤツヤで帰ってきた時、逆に俺はボロボロでしばしばする目を擦《こす》り、ローランドを抱《だ》きしめたい衝動《しょうどう》に駆《か》られた。

男同士で抱きしめ合うのは気持ちが悪いとなけなしの理性が頑張ってくれ、ことなきを得た。

このことで俺が得た教訓は、何かあったら何を置いてもローランドに相談する！　だったことは言うまでもない。

## 番外編　夢を書いたら予言書です　◆　マチルダ目線

私の雇《やと》い主であるユリアス・ノッガーお嬢様《じょうさま》がエウルカ王国に行くと言った日、私は夢を見た。

それは遠く暖かな国の誰《だれ》からも愛される姫《ひめ》の夢。

その美しい姫は綺麗《きれい》な紫《むらさき》の髪《かみ》に黄金の瞳《ひとみ》をしていて、肌《はだ》は小麦色で健康そうに見えた。

国には褐色《かっしょく》の人が多く、姫の肌の色は薄《うす》いようだった。

姫の周りには年上の宰相《さいしょう》がいて、姫を我が子のように可愛《かわい》がっていた。

姫も、宰相のことを〝お兄ちゃん〟と呼んで慕《した》っていた。

その時、私が思ったのは私の知り合いで兄妹《きょうだい》の仲良しが多すぎではないか？　だった。

話を戻《もど》して、姫には同い年の護衛騎士《きし》がいて、その護衛騎士は宰相の弟のようだった。

姫はこの国の女王になることが決まっていて、いろんな人から求婚《きゅうこん》されていたが、宰相はこれをよしとせず、あらゆる方法でその話をもみ消しているようだった。

この宰相はシスコンを拗《こじ》らせているようだ。

護衛騎士も同じようで、姫に近づく者は誰であろうと退けた。

物理的に。

そんな溺愛《できあい》を一身に受ける姫は、異国の王子に想《おも》いを寄せていた。

薄灰色の髪にスカイブルーの瞳の年下の王子は、貿易のためによくその国に来ているようだった。

王子は穏《おだ》やかな性格で紳士《しんし》的だった。

宰相も王子に対して牙《きば》をむくことはできないようだった。

姫はそんな王子に心惹《ひ》かれているのが目に見えていたが、王子の方は貿易にしか興味がないようだった。

姫は必死に王子に意識してもらおうと頑張《がんば》るが、王子に恋愛《れんあい》感情のようなものは感じられなかった。

何故《なぜ》なら王子はまだ十歳のお子様だったのだ。

大人びた喋《しゃべ》り方や、頭の回転の速さで貿易を円滑《えんかつ》に進める姿勢はまるで十歳児には見えなかった。

見た目は愛くるしく誰もが振《ふ》り返《かえ》る可愛い子どもにしか見えないのもギャップ萌《も》えのようだった。

試行錯誤《しこうさくご》を繰《く》り返して意識してもらおうと必死な姫と、美人の姫が優《やさ》しくしてくれることに感謝しながらもその恋心《こいごころ》に気づかない鈍感《どんかん》な王子。

目が覚めた時これはいけると思い、私は必死に夢の内容を原稿《げんこう》用紙に書き殴《なぐ》った。

後日、その原稿をお嬢様に見せた。

「どうです！　売れそうなネタだと思いませんか？」

私の言葉に、お嬢様は頷《うなず》いてくれた。

「よくこんな内容を思いついてくださいました！　恋愛に疎《うと》い私ですら続きが気になってしまいますわ」

「よかった。夢も本当に馬鹿になりませんよね」

私が口にした言葉に、お嬢様は首を傾《かし》げた。

「夢？」

「はい！　この間夢に見たんですよ！」

私が笑うと、お嬢様は真剣《しんけん》な顔で原稿を読み直し始めた。

「師匠《ししょう》。それ、まさか予言書ですか？」

私の弟子《でし》であるジュリー・バナッシュの呟《つぶや》きに、お嬢様は頭を抱《かか》えた。

「このお姫様ってまさか、ランファ様のお腹《なか》のお子様なのでは？」

私はしばらく黙《だま》り、口を開いた。

「まさか！　異国の予言なんて今まで見たことないですよ」

私の乾《かわ》いた笑いに、弟子が呆《あき》れたように言った。

「王子が、ユリアスさんの子どもなら見るんじゃないですか？」

弟子の言葉に、私は黙った。

あり得ない話ではない。

王子の容姿は薄灰色の髪でスカイブルーの瞳。

お嬢様の髪色に近いし、スカイブルーの瞳は殿下《でんか》の瞳と同じ色である。

「師匠、この話の続きはどうなるんですか？」

私は夢を書き溜《た》めていた原稿用紙の束を見つめた。

「これ、書いたらダメなやつですか？」

「でも、書いちゃってるのですよね？」

お嬢様は私を純粋《じゅんすい》な眼差《まなざ》しで見つめる。

「ユリアスさん、それどうするつもり？」

弟子の疑うような声に、お嬢様は首を傾げた。

「こんなに面白《おもしろ》いのに、何を迷う必要がありますか？」

迷いのないお嬢様の瞳に弟子が胡散臭《うさんくさ》いものを見るように見つめる。

「自分の子どもの恋愛の話かもしれないのに？」

弟子の言いたいことはよくわかる。

「ですが、まだ生まれてもいない子どもの、まだ起こるかも分からない話なわけですから、心配は無用ではありませんか？」

お嬢さんは口元を吊《つ》り上《あ》げ、笑いを堪《こら》えるように呟いた。

「海外輸出だけ気をつければ……」

悪魔《あくま》のような顔になっている気がするが、大丈夫《だいじょうぶ》だろうか？

「ユリアスさんのそういうとこ、私本当に嫌《きら》い」

「私はバナッシュさんのこと大好きですわ」

「そういうのは王子様に言いなさいよ」

ルンルンではしゃぐお嬢様に、嫌《いや》そうな顔を向ける弟子を見ながら私は思った。

これって、登場人物の年齢《ねんれい》とかきちんと調べて逆算したら、何年後にお嬢様のお子様が生まれるのか分かってしまうんじゃないだろうか？

お嬢様の産む王子が十歳の時の話ってことだけしか言っていないから、特定まではされないとは思う。

しかも、見せた原稿は私の夢を分かりやすく書き直した編集済みのものである。

夢の中の王子には兄弟がいるとか、今言ってはいけない気もする。

「さあ、マチルダさんこの物語はいつ頃書き上がる予定ですか？」

私は頭を抱えた。

「師匠、私はこれ、書かない方がいいと思います」

弟子の言葉に、お嬢様が食ってかかる。

「こんなにベストセラーになる予感のする作品を書くなとおっしゃるんですか？」

お嬢様が、ベストセラーになると確信している。

ということは本当に売れる作品になるのだろう。

「売れるのと、後々息子《むすこ》に怒《おこ》られるのどっちがいいの！」

弟子の言葉に、お嬢様は拳《こぶし》を握《にぎ》りしめた。

「そんなの、売れる方に決まってますわ！」

躊躇《ためら》いのないお嬢様の言葉に、弟子がお嬢様の頭を叩《たた》いてしまう。

口を尖《とが》らせながら、不満そうに叩かれた頭を撫《な》でるお嬢様は可愛い。

「息子は大事にしなさいよ！」

「まだ生まれてもいない息子を大事にとは？」

お嬢様の顔を睨《にら》みつける弟子の顔は般若《はんにゃ》のようだった。

「は、はーい！　マチルダさん、他の登場人物は誰かいませんでしたか？」

お嬢様は話をそらすように手を上げながら私に小説の続きを聞いた。

「幼馴染《おさななじ》みに金髪《きんぱつ》の可愛らしい男の子がいましたね。顔が可愛すぎて、女の子に間違《まちが》われるんですが、力持ちで花を育てるのが趣味《しゅみ》の子。あと、黒い赤ちゃん竜《りゅう》がいて、いつも王子の肩《かた》に乗っているんです」

関連性がありそうなキャラクターを思い出して言うと、弟子が目を見開いた。

「その可愛い子って私の子じゃないですか？　私に似てました？」

「あんた、癖《くせ》っ毛じゃない。その子はキラキラサラサラの髪の毛だったわよ」

私の言葉に、弟子はハーッと残念そうに息を吐《は》いたが、この子の旦那《だんな》様になる男はサラサラヘアーなのだから、弟子の子であるのは間違いない。

それでも、自分に似た子が生まれると信じて疑わないところが、この子の思い込みの深さでお馬鹿なところである。

決して、馬鹿なだけの子ではないのだが、知らぬが仏というものだろう。

「黒い赤ちゃんドラゴンってバネッテ様のお子様でしょうか？」

お嬢様の考察に私も頷く。

「それにしても、グリーンドラゴンの子が黒とは」

お嬢様の呟きに、私は聞こえないフリをした。

だって、グリーンドラゴンの伴侶《はんりょ》である私の息子は執着心《しゅうちゃくしん》の塊《かたまり》というか、ヤンデレという言葉がぴったりの男だ。

それが、子どもにどんな悪影響《あくえいきょう》を与《あた》えれば、黒いドラゴンになるというのか？

いや、黒が納得《なっとく》だと思えてしまうことが怖《こわ》すぎる。

そうだ、見た目が黒くても内面まで黒いとは限らないし、バネッテ様と息子の子どもと決まったわけではない。

炎《ほのお》のドラゴンのハイス様と氷のドラゴンのリーレン様の子どもかもしれない。

思《おも》い浮《う》かべてみても、黒いドラゴンはうちの子の悪影響しか考えられないのが悲しい。

「とにかく、マチルダさんはこの話を本にすることを考えてください」

「えっ？　本にするんですか？」

すでに諦《あきら》めていた話だったせいで、凄《すご》く驚《おどろ》いた。

「ええ、早ければ早いほどいいと思うんです」

本にすることを話し始めたお嬢様の肩を弟子が摑《つか》む。

「ちょっと、私の話聞いてた？」

反対派の弟子も引く気はないようだ。

「バナッシュさん、よく考えてみてください」

「何をよ」

お嬢様は肩を摑んでいる弟子の手から逃《のが》れると、弟子の両肩《りょうかた》を摑んだ。

「マチルダさんの小説は、貴女《あなた》も知っている通り予言書になりうるものであると」

お嬢様の迫力《はくりょく》にたじろぐ弟子。

「そ、そうね」

弟子の返事に嬉《うれ》しそうに頷くお嬢様。

「でも、予言書も絶対ではないではありませんか。予言を知っても捻《ね》じ曲《ま》げる力は自分の行いでどうにでもなるのです」

もっともらしい話に、弟子も何故か納得し始めているのが目に見えて分かる。

「だから、予言書が世に出ても大丈夫ですわ」

「そ、そうかな」

あと一押しな状況《じょうきょう》にお嬢様の口元が緩《ゆる》む。

側《はた》から見ると、お嬢様が詐欺師《さぎし》に見える気がする。

「さあ、マチルダさんが気兼《きが》ねなく予言書を書けるようにサポートできるのはバナッシュさんしかいませんわ。協力してくださいますね」

素晴《すば》らしい誘導《ゆうどう》に、私が拍手《はくしゅ》を送ろうと思ったその瞬間《しゅんかん》、ドアの方から声がした。

「バナッシュ嬢、騙《だま》されているぞ」

見れば、いつやってきたのか、私が乳母《うば》をしていた心の息子であるルドニーク王子殿下がドアにもたれかかるようにして立っていた。

「ユリアスの頭の中は、金儲《かねもう》けのことでいっぱいだ」

王子殿下の言葉に、弟子がお嬢様を見た。

お嬢様はあからさまに舌打ちを一つ響《ひび》かせた。

「だ、騙した！」

弟子が慌《あわ》ててお嬢様から離《はな》れて私の後ろに逃《に》げてくる。

「殿下、邪魔《じゃま》するのやめていただけますか？」

「たまの休みにデートの誘《さそ》いに来た恋人《こいびと》が詐欺まがいの悪どいことをしようとしている現場に出くわしたら止めるのが筋では？」

王子殿下の正論に、お嬢様は言葉を飲み込んだ。

「で、何を悪巧《わるだく》みしていたんだ？」

私は王子殿下に原稿を差し出した。

それを、読み終えた王子殿下は私に笑顔《えがお》を向けた。

「面白いな、続きは？」

そんな言葉に、お嬢様は嬉しそうに言った。

「新しい予言書を気に入ってくださったのですね！　では、続きを書いていただいてもよろしいですわね」

お嬢様の飛《と》び跳《は》ねるような可愛らしい動きに、優しい笑顔を向けていた王子殿下の動きがピタリと止まる。

「予言書？」

「はい！　私達の子どもが、この予言書に出てくる王子様だと思うのです」

嬉しそうなお嬢様とは裏腹に、王子殿下は頭を抱えた。

「君は何をサラッと言ってるんだ？」

「何か問題でも？」

殿下が疲《つか》れたようにため息をつく。

「問題がないとよく思えたな」

「ですが、予言書があれば、未来は変えることもできますわ」

「そんなほいほい未来が変わってたまるか」

殿下の疲れたような呟きに、お嬢様はニッコリと笑顔を向けた。

「私は予言書に逆らったから、殿下と婚約《こんやく》できたのですわ」

そんな台詞《せりふ》に、王子殿下がキュンとしたのが分かる。

「ちょっと！　イチャイチャするならさっさと出てってくれます？」

完璧《かんぺき》に不貞腐《ふてくさ》れた顔の弟子が、お嬢様と王子殿下の背中を押して部屋から追い出そうとし始めた。

「あ、ですが、まだ原稿を進める話が終わっていません」

お嬢様の言葉に、弟子が腹を立てる。

「あのね、その話はいつでもできるでしょ！　王子様の自由にできる時間は今しかないんだからさっさとデートでもしてきなさいよ」

なんて友人想いのいい子なのだろう。

弟子の思いやりに感動する私をよそに、お嬢様はキョトンとしていた。

「ですが、早く決めて早く出版した方が多くの人に喜んでいただけますわ」

「煩《うるさ》い！　今は未来の話よりも未来に繋《つな》がる今を進めるのが先でしょ！　子どもの心配するぐらいならまず早めに学園卒業してさっさと結婚《けっこん》してくれる？」

もっともな弟子の言葉に、お嬢さんは不満そうに口を尖らせた。

「学園をさっさと卒業したらせっかくの市場調査の場が」

そんな返しをしたせいで、弟子が本格的に部屋から二人を追い出してしまった。

「さっさとデートして来なさいよ」

捨て台詞とともにドアを乱暴に閉めると、弟子はさっきまで話題に上っていた原稿を手に持った。

「師匠、この話原型がなくなるぐらい違《ちが》う話にしちゃいましょうよ！」

「えっ？」

「だって、原型をなくしたら予言も何もなくなるじゃないですか！」

「それ、面白いの？」

私の言葉に弟子は拳を握りしめて高々と持ち上げてみせた。

「それを面白くするのが、師匠の作家としての力じゃないですか！」

弟子の期待に満ちた顔に私はフーっと息をついた。

「弟子にそこまで言われちゃやるっきゃないね」

飛び跳ねて喜ぶ弟子に、私は笑顔を向けた。

夢で見たものよりも面白いものにする。

それって、私の作家力を見せつけることになるのだから。

その時の作品がベストセラーになるのは、それから遠くない未来のお話。

■ご意見、ご感想をお寄せください。
《ファンレターの宛先》
〒102-8177 東京都千代田区富士見 2-13-3
株式会社KADOKAWA ビーズログ文庫編集部
soy 先生・m/g 先生

ビーズログ文庫

●お問い合わせ
https://www.kadokawa.co.jp/（「お問い合わせ」へお進みください）
※内容によっては、お答えできない場合があります。
※サポートは日本国内のみとさせていただきます。
※Japanese text only

# 勿《もち》論《ろん》、慰《い》謝《しゃ》料《りょう》請《せい》求《きゅう》いたします！ 6

soy《そい》

2022年 8 月15日 初版発行

| | |
|---|---|
| 発行者 | 青柳昌行 |
| 発行 | 株式会社 KADOKAWA<br>〒102-8177 東京都千代田区富士見 2-13-3<br>（ナビダイヤル）0570-002-301 |
| デザイン | 世古口敦志＋丸山えりさ（coil） |
| 印刷所 | 凸版印刷株式会社 |
| 製本所 | 凸版印刷株式会社 |



ISBN978-4-04-736921-4 C0193


定価はカバーに表示してあります。
◇◇◇

ビーズログ文庫
ただのコスプレイヤーなので
聖女は辞めてもいいですか？
召喚先はブラック企業（王国）!?
……聖女は謹んで辞退します（逃）！
soy
イラスト／ザネリ
試し読みは
ここを
チェック★
コスプレが趣味の新はある日、異世界に聖女として召喚される。聖女の仕事をやりたくない新は、王宮から逃げて、変装（コスプレ）しながら隠居生活を送ろうとするが……
王宮のブラックな事情に巻き込まれてしまい!?

ビーズログ文庫
悪役令嬢は
二度目の人生を
従者に捧げたい
転生したら、最推しキャラが
私の忠実な従者でした！
①〜②巻、
好評発売中！
紅城《くじょう》 蒼《あおい》
イラスト／獅童《しどう》ありす
試し読みは
ここを
チェック★
乙女ゲームの悪役令嬢に転生したロザリア。最推しの従者に会えて喜んだのも束の間、このままだと私の道連れに彼も処刑される運命！　尊い推しのため破滅フラグ回避を目指すも、逆に彼の私推しがすごすぎるんですが！